ハヤカワ文庫JA

〈JA1270〉

グイン・サーガ(141)

風雲のヤガ

五代ゆう

天狼プロダクション監修

早川書房

7961

THE SACRED SHRINE IN STORM
by
Yu Godai
under the supervision
of
Tenro Production
2017

カバーイラスト／丹野 忍

目次

本書は書き下ろし作品です。

誰《たれ》かミロクに遇《あ》いたてまつらざるや。複《また》、誰《たれ》かミロクに能《よ》く遇《あ》いたてまつるべきや。聖人ら告げたまわく、「和合《わごう》僧《そう》を破《やぶ》る者はミロクに遇うことなし。複、外道見《げどうけん》を懐《いだ》く者、聖弟子《しょうでし》を誹謗する者も亦《また》、ミロクに遭うことなし。布施を致し、斎日《さいにち》を設け、廟祀《みょうし》を建て、戒律堅固《かいりつけんご》なる者は能《よ》くミロクに遭わん。ミロクを礼拝《らいはい》し、乃至、一華《いちげ》、一燈明《いちとうみょう》、一《いち》飲食《おんじき》を奏上《たてまつ》る者は能くミロクに遭わん。ミロクを奉ずる同《はら》胞《から》に忠義たり、長上を恭敬《くぎょう》する者はミロクに遭わん。汝ら新《あらた》なるミロクの法を聞きたれば忽《たちま》ち地上楽園に住《すま》いすることを得ん。」

新ミロク教教典　ミロク到来問答

〔中原周辺図〕

ナタール川
ヴァーラス湖沼地帯
ノスフェラス
ナタール大森林
ギーラ湖
ナタリ湖
ケス河
ユラニア
サイロン
トーラス
ノルン海
ケイロニア
アルセイス
ゴーラ
ロス
モンゴール
クム
リーラ川
カムイ湖
タリア
タリア
ワルド山脈
中原
ルーアン
イーラ湖
クリスタル
オロイ湖
アルムト
パロ
アルーンの森
カラヴィア
サルジナ
ダル湖
ダネイン大湿原
ドラス連山
ハイランド高地
ウル山脈
カムリ岬
ルート
ラトナレン山脈
ウィレン山脈
アグラーヤ
サーリスベリ
ランガート
アルート高原
カウロス
獅子原
ライゴール
レンティア
草原地方
トルース
トラキア自治領
リャガ
ヤガ
イフリキア
マハール
トルフィヤ
ヴァラキア
アルゴス
沿海州
アルカンド
アルゴ河
レント海

〔中原拡大図〕

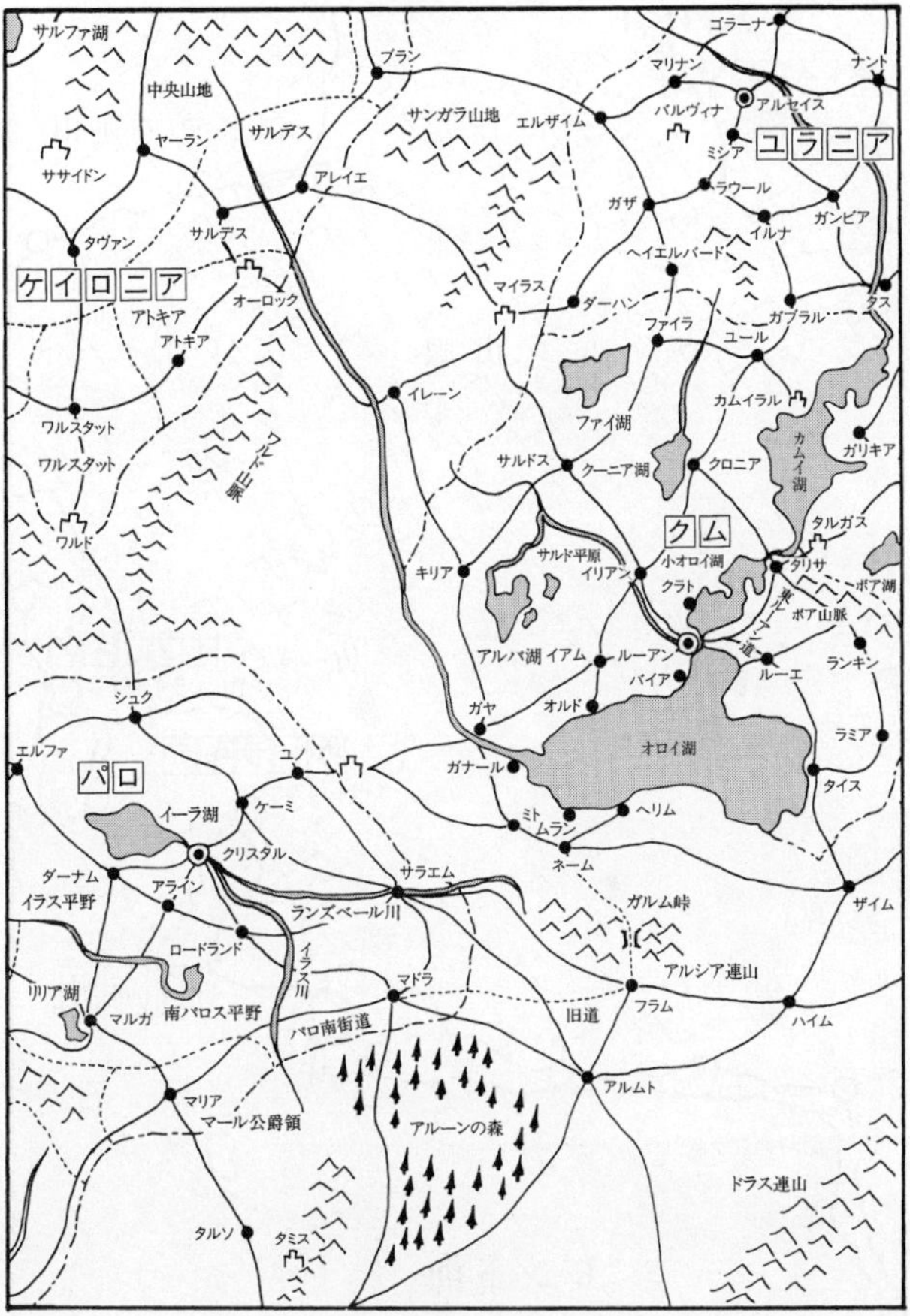
サルファ湖
中央山地
ササイドン
ヤーラン
サルデス
ブラン
サンガラ山地
アレイエ
タヴァン
サルデス
ケイロニア
オーロック
アトキア
アトキア
ワルスタット
ワルスタット
ワルド
ワルド山脈
マイラス
ダーハン
イレーン
エルザイム
ゴラーナ
マリナン
ナント
アルセイス
バルヴィナ
ミシア
ユラニア
ラウール
ガザ
イルナ
ガンビア
ヘイエルバード
タス
ガブラル
ファイラ
ユール
ファイ湖
カムイラル
カムイ湖
ガリキア
サルドス
クーニア湖
クロニア
クム
タルガス
サルド平原
小オロイ湖
タリサ
キリア
イリアン
クラト
ボア湖
ボア山脈
東ルーアン道
ランキン
アルバ湖
イアム
ルーアン
バイア
ルーエ
ガヤ
オルド
オロイ湖
ラミア
シュク
エルファ
パロ
ユノ
ガナール
タイス
ケーミ
イーラ湖
ミト
ヘリム
ムラン
クリスタル
ネーム
ダーナム
サラエム
ザイム
イラス平野
アライン
ランズベール川
ガルム峠
ロードランド
イラス川
アルシア連山
リリア湖
マドラ
マルガ
南パロス平野
フラム
旧道
ハイム
パロ南街道
アルムト
マリア
マール公爵領
アルーンの森
ドラス連山
タルソ
タミス

〔草原地方 - 沿海州〕

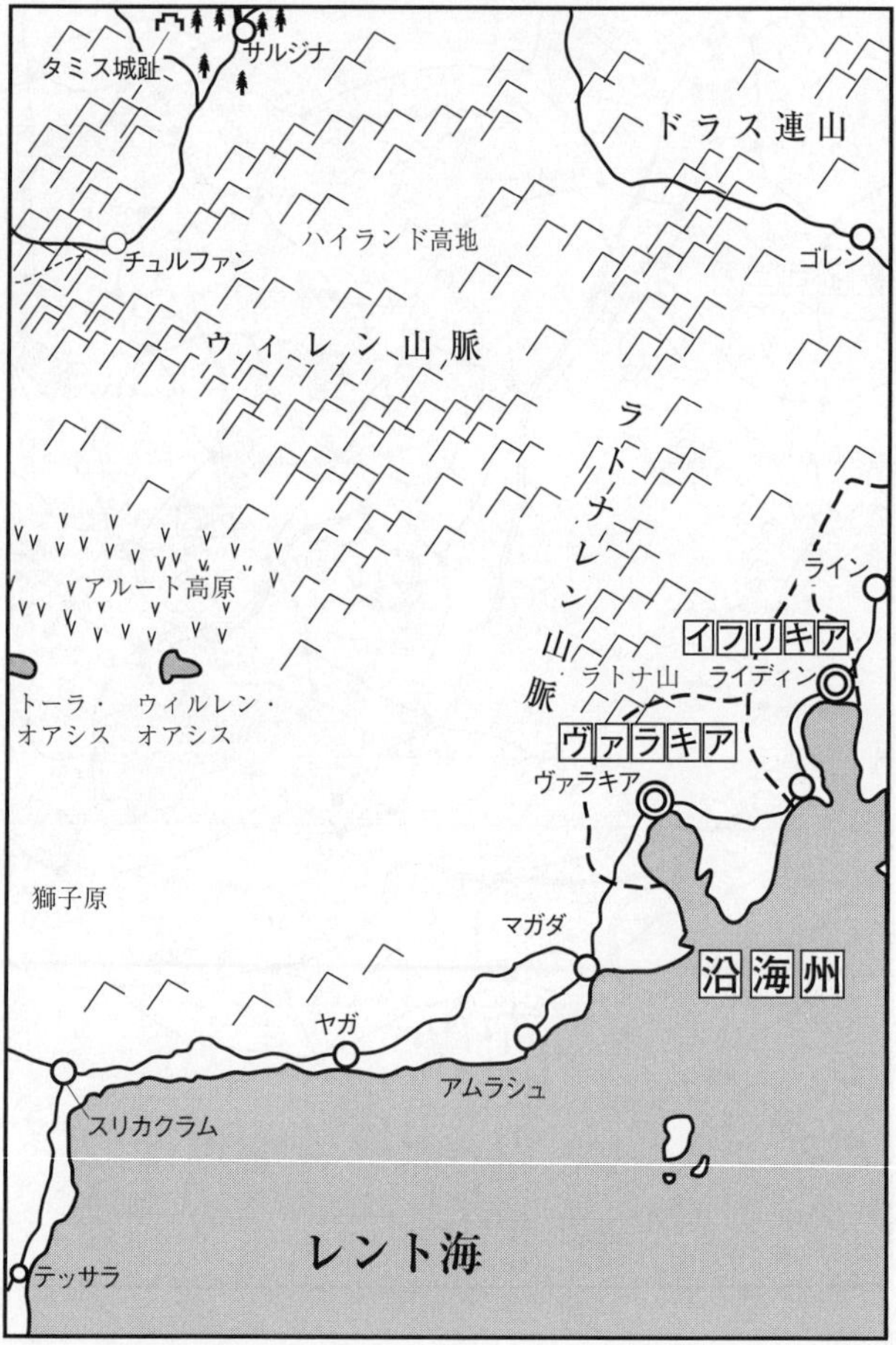
サルジナ
タミス城趾
ドラス連山
ハイランド高地
ゴレン
チュルファン
ウィレン山脈
ラトナレン山脈
ライン
アルート高原
イフリキア
ラトナ山
ライディン
トーラ・オアシス
ウィルレン・オアシス
ヴァラキア
ヴァラキア
獅子原
マガダ
沿海州
ヤガ
アムラシュ
スリカクラム
レント海
テッサラ

風雲のヤガ

登場人物

ヴァレリウス……………………………パロの宰相
リギア……………………………………聖騎士伯
マリウス…………………………………吟遊詩人
ブロン……………………………………ケイロニア軍パロ駐留隊長
アッシャ…………………………………パロの少女
ドース……………………………………ワルド男爵
ブラン……………………………………ドライドン騎士団副団長
ヨナ・ハンゼ……………………………パロ王立学問所の主任教授
フロリー…………………………………アムネリスの元侍女
ソラ・ウィン……………………………ミロク教の僧侶
ヤモイ・シン……………………………ミロク教の僧侶
イグ＝ソッグ……………………………合成生物
ババヤガ…………………………………ノスフェラスに住む魔道師
ジャミーラ
ベイラー　}……………………………〈ミロクの使徒〉
イラーグ
カン・レイゼンモンロン………………ミロクの大導師

第一話　囚われて

1

ひそやかに部屋の中を動き回る気配に、ヨナはまどろみの中から引き戻された。神経をつねにとがらせているせいで浅い眠りしかとれず、その夢も気がかりな夢や不安な幻影に満ち満ちていたが、目を覚ましたところでよい状態になっているわけでもなかった。だが、何か変化があったことは確かなようだった。ヨナは積み上げられた羽布団をはねのけて起き上がり、「何をしているんです」と厳しくとがめた。

「なんでもございませんよ、ヨナ博士」

ヨナが起きているとは気づいていなかったらしい侵入者は半歩跳び下がり、それに腹を立てたように顎をそらしてから、ひどく慇懃《いんぎん》な姿勢で胸に手を当てて深々と頭をさげた。

「お休みのところをお邪魔して失礼いたしました。何か変わったことがないかと、それを確かめたかったばかりに伺っただけで、お騒がせするつもりは毛頭ございませんでした。お許しくださいませ」

そう言いながらも、額の中央にはめ込まれた石の瞳は油断なく動いてヨナを見つめている。ヨナは寝台の上で尻をずらし、ふわふわと手応えのない羽毛布団に腹立たしい思いをしながら掛け物を身に引き寄せた。あの魔道の目に見られるだけでも全身に寒気が走る。

〈新しきミロク〉の走狗である魔道師ベイラーが、ときおりそっと豪奢《ごうしゃ》な監禁部屋に入ってきて、様子をうかがっているのは気づいていた。おそらく重要な囚人であるヨナの動向を把握しておくためだろうが、それでも、これまでヨナに侵入を感づかせたことはなく、あとに残った気配やわずかな痕跡でそれと気づくばかりだった。だが目の前にはベイラーがいて、ヨナに気づかれたことに心中ひそかに歯ぎしりし、貴族めかした外見の下に、なにやら動揺が隠されているのが感じられる。

何かあったんだ、とヨナは声に出さずに呟いた。このベイラーを動揺させるような、何かが起こった。そして彼は何はともあれ、大切な虜囚のところに異常が起こっていないか様子を見に飛んできた――いつものように気配を隠すことすら忘れて。

いったい何があった？

「おや、また食べておられませんな。お気に召さないものでもございましたか」

ヨナの視線から逃げるようにベイラーは部屋の中央の大卓に歩み寄った。そこにはおよそ考えられる限りの珍味佳肴《ちんみかこう》が卓のふちからこぼれんばかりに並べられ、そのどれもが魔道の力か、いつまでたっても冷めず腐らず、酒を冷やした氷すら溶けることなく、気の遠くなるようなうまそうな香りと湯気をたてている。

「僕はミロク教徒です。贅沢な食べ物には慣れていません」

そっけなくヨナは返した。贅を尽くした品に興味がないのも、このような場所の汚れた食べ物がいとわしかったのも本当だった。だが真実ヨナが恐れているのは、食事に頭を鈍らせる薬でも盛られ、徐々に思考能力を奪われて〈新しきミロク〉の操り人形と化すことだった。自分が彼らに取り込まれてしまえば、愛するパロはおぞましい邪教と、その背後で糸を引くキタイの竜王の思うままにされてしまう。そのことだけは避けねばならない。たとえミロク教では禁忌とされる自死をとげてでも、そのような事態は阻まねばと、早い時期にヨナは心を決めていた。

そんなヨナの決意を見透かしたかのようにベイラーは手を伸ばし、氷の中で冷えている深緑色の瓶を手にとって、ぽんと栓を抜いた。泡立つ酒を大仰な手つきで水晶製の高《たか》坏《つき》に注ぐ。黄金色に輝く酒精がなんとも異国的なぴりっとした芳香を部屋いっぱいに漂わせた。ベイラーは杯をヨナの方にかかげて乾杯の仕草をすると、これみよがしに一気に飲み干した。

「モレーグア産の酒でございますよ」

ため息をついて品よく口をぬぐい、ベイラーは言った。

「滅多に手に入るものではございません。もちろん、われらが仕えております御方であれば何であろうと意のままではありますが」

「そんな場所のことは聞いたこともありません」

冷淡なヨナの返しに意味深な笑みを浮かべ、ベイラーは大皿に並んだ香味油漬けの胡《きゅ》瓜《うり》を一本つまんで、上品にかじった。

「おお、どうぞそのように警戒なさらないでくださいませ、ヨナ博士。われらはただ、あなた様に新しきミロクの素晴らしさを理解していただきたいだけなのです。新しきミロクがいかな強力な力をお持ちかは、これら普通人の手にはわたらぬ品々をいともたやすく並べてみせることでもおわかりのはず。あなた様が一言、理解したとだけおっしゃってくだされば、すぐさまここからもお出しいたしましょうし、もっとすばらしい様々なものを手に入れ、さらに、世界に対してもより大きな貢献をもたらすことになるのです。なぜそれほどかたくなにおなりなのですか」

「なんと言われようと、あなた方の口車になど乗る気はありません」

ヨナは言い切った。

「力は見せびらかすものではありません。栄光は心のうちにあり、真のミロクだけが光をもたらされます。このような汚れた食物や見た目だけの輝きにごまかされて自らの魂とミロクを冒瀆《ぼうとく》するくらいなら、僕は飢え死にすることを選びます」

「頑固なお方だ」

ベイラーは吐息をつき、口に放り込んだ胡瓜を嚙んで、女のように小指をたてて指をすすった。

「まあよろしい、ご無事で何事もなければそれでとりあえずよろしいのです。ご機嫌はそのうち治ると信じておりますよ、ヨナ博士。賢明なあなた様なら、必ずいつか新しきミロクの正当性にお気づきになり、より高い真実と理想にお目覚めになると信じております。では、私はこれにて。お騒がせいたしまして、かさねがさねお詫びを」

絹の長衣を翻《ひるがえ》して優雅に一礼すると、その格好のまま魔術師は宙に溶けるように消え失せた。ひとり残されたヨナは、置きはなされたまま泡をたてている酒瓶と、ひとつ減った胡瓜の隊列を眺めながら、じっと考えをめぐらした。

ベイラーの態度におかしなところはなかったか？　まあおおむね常の通りではあった、だが、わずかに慌てたところ、動揺を隠そうとして故意に鷹揚《おうよう》にふるまう気配が感じられなかったか？

そもそも、うとうとしていたヨナを起こしてしまったことからして大きな失策だし、姿を見せてしまったことすら失策だ。あの魔道師なら事前に姿を消して、万が一ヨナが起きていても気づかれずに室内を歩き回るなどたやすいはずだし、第一、この部屋には常に監視の魔道が――魔道師ではないヨナだが、推測するまでもなくそれくらいの予想はつく――張り巡らされているはずであって、それは老師イェライシャが小虫を通じてひそかに呼びかけてきた時にもわかっていたはずだ。

しかしベイラーは今回わざわざ自分で足を運び、眠っていたヨナに気づかれるという失敗をし、その上、誰何《すいか》される前に姿消しの魔道を行うというとっさの判断すらできないほど動揺していた。

なにがあったのだ？

かなり大きな事件に違いない、とヨナは思った。あの石の目の魔道師が気を動転させるくらいに大きなこと。外界から隔絶されたここでは外の動きは知りようもないが、かなりの騒ぎが起こっているに違いない。

そして、ベイラーが慌ててヨナの所在を確かめにきたことから推察するに、どうやら――

（ブラン殿か）

イェライシャの囁きを思い出して、わずかに呼吸が速くなった。

ブランがヨナを救うために動き出したのか、それともイェライシャが何か仕掛けたか。いずれにせよ、自分をめぐることで何か彼らがあわてるような出来事があったに違いない、とヨナは結論した。そして今この時点で、〈新しきミロク〉を動揺させるようなことをするのは、いまこの魔都と化したヤガに潜入中の、ブランかイェライシャのどちらかしかいない。

（ああ、お気をつけください、ブラン殿、老師）

むろん虜囚の身からは逃れたい。眼前に積み上げられたいとわしい誘惑の品々を遠ざけ、体を包むけがれた邪教の手に触れた贅沢品を払いのけて、清澄《せいちょう》な自由の空気を吸いたい。

だがそのためにあの勇敢な剣士と、高潔な老魔道師が危険な目に遭うことはけっしてヨナは望んでいないのだ。たとえ二人が求めるところに従って果敢に危険に飛び込んでいくのだとしても、自分のために他人が命を捨てるところなど、ヨナは二度と見たくはなかった。

（ミロク様、どうぞブラン殿と老師にご加護を）

動かず、息もつめたまま、ヨナは目を閉じ無言の祈りを捧げた。

（その広大無辺の慈悲をもって、彼らを邪悪よりお守りください。ブラン殿、老師、どうかご無事で。このような場所で、みすみす邪教の徒などのお手にかかられてはなりません。この闇の危機が中原に広がろうとしていることを示し、燃え広がろうとする争いの火種をお消しください。僕の身など、どうなってもかまいませんから）

いつかヨナは寝台の上に身を起こし、敬虔な仕草でじっと頭を垂れていた。両手は膝の上で固く組み合わさり、見えないところで、まことのミロクに捧げる祈りのしるしを形づくっていた。

フロリーの方は、これほど穏やかにはいかなかった。ヨナの場合、表面上は静かであっても水面下で打ち合わされていた精神の剣戟《けんげき》が、彼女の場合は、わめき散らしながら飛び込んできたイラーグという実体をとって投げ込まれた。固い寝台にもたれ、湿った石床の冷たさから少しでも身を守ろうと毛布をかたく巻きつけていたフロリーは、突然とびこんできて憤怒の表情もあらわに怒鳴り散らしはじめた矮軀《わいく》の醜い魔道師の剣幕に縮みあがり、実際に殴られでもしたように頭を壁にぶつけた。

「どこだ？」

イラーグは蟇《ひきがえる》めいた横に広い口を裂けんばかりに開いてわめきたてた。

「どこにいる、女？　ええい、返事をせんか、畜生め、うむ、おのれ、そこにいたな！　ちっぽけな羽虫めが、生意気な小豚めが、いけ強情な牝犬めが！　ふん！　怖がっているのか、ええ？　芝居をすると承知せんぞ、くそ、何か起こりはしなかったろうな？　何もなかったろうなと訊いているのだ、答えんか、いまいましい女郎め！　黙っているのか、え？　口をきかぬなら今すぐ這い回る虫けらに変えてやってよいのだぞ、貴様、俺がおとなしく扱ってやると思って図に乗っているのではなかろうな！」

「そんなこと、思ってはいません」

痛いほど拍《う》つ心臓を押さえて、ようやくフロリーは細い声を張った。

「いったい何事ですか？　わたしはここにいて、なにひとつ自由にならないことなど、あなた方のほうがよくご存じでしょう。なにもできない弱い女ひとりに、いったい何の咎《とが》があってそんな顔をするのです」

「豚が小憎らしい口を利きおるわ」

多少おちついたのか、イラーグはあばただらけの醜貌《しゅうぼう》をゆがめて冷笑した。

「何もできんだと？　ふん、確かにな、貴様のようなしなしなとした吹けば飛ぶような小女郎に何かできるとは俺も思わん。なんでもよい、なんでもよい！　そのまま何もせずにおとなしくしているのだぞ、うむ、畜生めが！　ここから足のつま先だけでも出ようとなどするが早いか、身の程にふさわしい蚊とんぼにでも変えて叩きつぶしてくれる、わかったな、牝犬！　貴様はあくまで手違い、お余り、どうでもいいごみに過ぎんとよっく覚えておくのだ、よいな、わかったのだろうな、くそ女めが！」

イラーグはくるりと身を翻し、勢いがよすぎてたたらを踏んで、そばの水壺にぶつかった。すさまじい声で呪いの言葉を吐き、曲がった足で壺を蹴りつける。壺はぐらりと揺れて倒れ、残っていたわずかな水がこぼれて、湿った床にすえた臭いの水たまりを作った。

「そうだ、そうだ、そうして小さくなっておれ」

フロリーがびくりと身をすくめ、這い寄ってくる汚水溜まりから離れようと寝台にずり上がって両膝をきつく胸に引き寄せるのを見て、イラーグは満足げに乱杭歯《らんぐいば》をむいた。

「重ねて言うぞ、ここから出ようなどとはけっして思うな、けっして、けっしてだ！　ええい、能なしどもめが、どいつもこいつも能なしの阿呆ぞろいだ、偉そうな口をききおって。あの石の目玉め、何様のつもりなのだ、大きな口を叩いておいてあの始末とは……」

ぶつぶつ唸りながらイラーグはあらためて向きを変え、どこか見えない空間に踏み入って消え失せた。身体の芯をつきさす恐怖に震え上がりながらフロリーはひとり取り残され、いま起こったことについて混乱した頭で必死に考えをめぐらせた。

なにかあったんだわ、と彼女は思った。　でなければあの恐ろしい男があんなに急に飛び込んでくるはずがない。ああ、ミロク様、お慈悲を！　何が起こっているのですか？

この聖なるヤガに、いったいどんな魔の手が襲いかかろうとしているのでしょう！

暗い獄舎に腐りかけた水のなまぐさい臭いが広がりかけている。両手で頭をかかえ、目を閉じるのすらおそろしく大きく見開いた目でフロリーは壁を見透かそうとするかのようにひび割れた石壁を見つめた。

老師、と閃くように考えが浮かんだ。ああ、そうよ、あのイェライシャ老師とブラン様、お二人がわたしとヨナ様を助けるために動いていらっしゃると。きっとあの方々が動き出したのだわ。

（よいかな、希望を捨てるでないぞ、娘や）

老いた魔道師のなだめるような声が、ふるえる心を励ますように蘇ってきた。

（われとかの若き剣士が必ずそなたらを救い出す。そのか細い身体に加えられた仕打ちには心痛む、だがもうしばし辛抱してくれい。そなたの息子はかならず草原の鷹が守り抜く、そしていつか遠からぬ時に再会の日が来るであろうことは、宇宙のあらゆる叡智《えいち》にかけてわれが誓う。待て、希望を捨てるでないぞ、娘よ、邪悪な異界のものの手にけっしてそなたも、またそなたの息子も、触れさせはせぬ）

「ああ、スーティ」

その名が口をもれた瞬間、とめどなく涙があふれ出した。希望と絶望、心痛、愛慕、その他名前のつけようもない感情がこらえきれずに堰《せき》を切り、フロリーは両手で顔を覆った。頬を伝う涙は指の間からしたたり、湿った敷布に温かく降った。

「スーティ。わたしのスーティ」

気丈に耐えてきたものがその名にすべてこもった。フロリーは嗚咽《おえつ》し、繭《まゆ》のようにかたく丸まった身の内で全霊をあげて祈った。

「坊や、坊や、ああ、ミロク様、どうぞスーティにご加護を。皆様に救いを。わたしの命などどうなろうと構いません、坊やを、わたしの小さなスーティをお救いください。そして正しきことをなそうとする方々にお力添えを。どうかミロク様、どうか、どうか」

涙にくれながら祈りつづけるフロリーの頭上で明かりがかすかにジッと音をたてた。どこからか舞い込んできた小虫が苛立たしい羽音をたてて炎を扇ぐ。腐り水の染みは広がり、寝台の足下にまで達しようとしていたが、もはやフロリーの眼中にはなかった。わずかに唇を動かしていた祈りはあたかも子守歌のように低くかすれて、冷えた獄舎の空気を満たしていった。

2

二つの魂が同じように自らの命を顧みぬ祈りを捧げていた頃、ミロク大神殿の地下通路を、装備を固めたひとりのミロクの騎士が、いささかぎくしゃくした様子で歩いていた。

よくよく観察すれば、鎧は少しばかり小さすぎ、肩のあたりや胸などはあきらかに窮屈そうで、逆に腰まわりは緩すぎて隙間ができ、歩くたびに耳障りな音をたてているのに気づいたかもしれない。また、行きあう兵士たちに敬礼されるたびおっくうそうに答礼するのが少々慣れぬ様子で、まだ昇進して間もないのかといぶかる者もあったかもしれない。戦闘中でもないのに完全装備で、兜までつけ、面頬をおろして顔を覆っていることに、不審の念を抱くものもあったかもしれない。

だが、これまでのところまずまず大過なく、騎士はゆるやかな上り坂になっている地下通路を抜け、大神殿の下部でも整えられたあたり、平の兵士や下働きたちにまじって、下位の僧たちや小坊主どもがあわただしく行き来する下層部周辺まで到達した。踏み固められた土にすぎなかった床がすり減った石に、やがてなめらかに磨き上げられた大理石に変わってきた。ぽつぽつとしか灯されていなかった壁の明かりが数を増し、松明《たいまつ》から魚油灯に、そして薄色の紙を張った灯籠へと移っていく。それにつれて薄暗かった通路も明るさを増し、あわただしく行き来する下働きのものたちのさざめきや忙しげな足音、さらさらと音を立てる雛僧《すうそう》の群の衣が重なり合って、揺らめく灯籠の灯に複雑な陰《いん》翳《えい》を投げる。

（いったい何事が……）

深くおろした面頬の内側にも、彼らが気がかりそうに交わす言葉は届いてきた。

（なにやらご聖所を侵した狼藉者があったとか。五大師様がたはたいそうお怒りで……）

（……騎士様方が総出で捜索にあたっておられると。カン・レイゼンモンロン様も……）

（……〈ミロクの聖姫〉様のなんとお怒りの激しいこと！）

（なにやら大切な聖遺物を奪ったとやら、壊したとやら……）

（ミロク様、お守りを！　この聖なる大神殿でそのような……）

「なにが聖遺物だ」

ごく小さく、ブランは吐き捨てた。

あまりに低く、小さかったので、面頬と、用心のために襟をたてた外套に覆われてほとんど外には漏れなかったし、どのみち、勃発した椿事《ちんじ》に動揺しきっている彼ら〈新しきミロク〉の下っ端信徒たちに聞こえるはずはなかった。織るように走り回る彼らの中を大股に歩き抜け、時には横柄に押しのけ、突きのけながら、ブランは一心に、ヤモイ・シンに示されたいくつかの『見通せぬ場所』のことを考えようとした。

「わしらにここで待てというのかの」

干し林檎のような顔をますます皺だらけにして、老僧はなにやら不服そうだった。

不用心なミロクの騎士から身ぐるみ装備をはぎとり、下帯一つにして縛り上げた上で、見つけた物置の中に押し込んだ。狭い物置の中にはさまざまな古い教具と教典の巻物や書物が天井まで積み重なり、香と埃《ほこり》のにおいがこもって、どことなく例の骨の聖堂を思わせる部分がないでもなかった。

白目をむいて気絶している騎士のたるんだ腹を後目《しりめ》にかけ、奪った胴着と鎧をあわただしく身につけるブランに、ソラ・ウィンとヤモイ・シンのふたりの僧は、不服そうな渋面《じゅうめん》をふたつ並べて、それぞれになにやらもの言いたげだった。

「だから、御僧がたはあまりに目立ちすぎるのだと言っていように」

それを口にするのは何度目か、ブランはもう数えるのをやめていた。道を誤った弟子を早く教化したい一心の僧たちは自分たちがいかに奇妙きてれつな存在か自覚しておらず、ぼろぼろの僧衣にしぼんだ皮膚の、干し林檎と猿の木乃伊《みいら》が並んでひょこひょこ歩いていたらどんなに人目にたつことか、まるで気にしていないし気にする気すらないようだ。

「俺ひとりならこの鎧兜でなんとか顔は隠せる。しかし御僧がたはそのような小細工はきかぬであろうし、これから先は邪教と化した〈新しきミロク〉の支配する領域なのだ。御僧がたのごとき聖者が足を踏み入れれば、いやおうなしに人目をひく。まずは俺がひとりで道をひらき、目当ての人物の居場所をよくよく見定めてから御僧がたを呼ぶ。おい、頼むから聞き分けてくれぬか。時間はほとんどないし、一刻ごとに事態はあやうくなってゆくのだ。御僧がたの気持ちは理解しないこともないが、俺とて騎士として果たさねばならぬ任務がある。こうしたことには、俺の方が得手なのは御僧がたもご理解くだされよう。頼むからしばし、ここでおとなしくしていてくれ」

「ふうむ」ヤモイ・シンはしぼんだ袋に息を吹き込んだように腹をふくらませて息をつき、山と積み上がった教典と、その下でひらいた口から舌をだらんとはみ出させている裸の男に交互に目をやった。

「まあ暇をつぶせと言われれば手段に困らぬ場所ではあるかの。この教典の整理の仕方は実になっておらぬし、こちらで寝ておる男には、いま一度ミロクのみ教えについてじっくり語ってきかせる必要がある」

「聖なる教えに浴する身でありながら女色に淫し、酒精に溺れるとは言語道断」

ソラ・ウィンがぴしりと言い放った。

「仮にもミロクの御名を口にするものなればあってはならぬことだ。この聖都たるヤガにあってなお身をつつしまぬとは、抗弁擁護の余地はない。この者にはきびしく申しきかせ、いま一度、ミロクの信徒としてあるべき姿を自覚させる必要がある」

「おう、そうだ、そうだ、ぜひともそうしてやってくれ」

投げやりにそう言いながらブランは兜をかぶり、面頬をおろした。なにやら香油でも使っていたのか、異国風の刺激的な匂いと汗と脂の蒸れた臭気がむっと頭を包み込む。

「ふたりして好きなだけその男を鍛え直してやってくれ。ただし、あまり大声は出さずにな。その男にも出させせんでくれ。この物置はあまり人のこぬ場所のようだが、そんなところから人声が漏れ聞こえるようなことがあっては、かえって注意を引く。くれぐれも静かに、おだやかにやってくれ。そいつがまたわめき出すようなら、またさっきのように一発くらわせてやってくれてよい」

「あれは教えの鞭である。粗野な剣士のわざといっしょにするでない」

そっけなくソラ・ウィンは言い、かがみこんで男のだらけた面を子細に調べた。

「どうやらこの地にはあらたに教化せねばならぬ者が山といるとみえる。ヤモイ・シンよ、やはりわれらもこの剣士と同道し、出会う者らにあらためてまことのミロクの教えを説き聞かせるべきではないか」

「やめてくれ」

高くなりかけた声をブランはむりやり鎮めた。ぼろぼろの僧衣をひるがえした骨と皮の老僧がふたり、目をむく〈新しきミロク〉の信徒のあいだを堂々と行き来し、手当たりしだいにつかまえた相手めがけて、ありがたい説教をふっかける姿がありありと目にうかぶ。

「頼むからおとなしくしていてくれというのに。——その、ヤロールとかいう男の居場所がわかったら必ず報せる。その暇ができしだい必ず呼びに来るから、ここでそやつを鍛え直すことでしばらくは我慢していてくれ。ヤロールとやらを叱る訓練にもなろう。せいぜい喉をあたためて、俺が呼びに来るまでじっとしていてくれ。でないと拝むぞ」

「拝むのはやめてくれというのに」

ヤモイ・シンがまた渋い顔をする。よほど拝まれるのが嫌らしい。

「わかった、わかった。ソラ・ウィンよ、どうやら剣士殿はわしらが同道するとどうにも困るのであるらしい。ここはひとつわしらが我慢をして、ここでこの者の心得違いを正してやることにしよう。なに、地下で二十年暮らすことを考えれば、まだしも短いほうであろう。これもまたミロクの御業《みわざ》、ヤロールに説法するときまでは、この者の信心をただして正道に戻してやるのもミロクの道というものよ。ヤロールを見いだしたならば確かに報せてくれるのであろうな、剣士よ」

「ああ報せる、報せるとも」

ブランはすでに扉を出かかって外の様子をうかがっていたが、ふりかえり、ふたりの聖僧の乙にすましたしわだらけの顔を見て、またひとしおの不安が胸に広がるのを押さえられなかった。

「必ず報せるから頼むからここにいてくれ。おとなしく、いいか、おとなしくだぞ。外へ出るのはなし、扉を開けるのもなし、通るものがいたら息をひそめて静かにしていてくれ。扉をあけて相手を呼び込み、説教の相手に加えようなどとは必ず考えてくれるな、いいか、わかったか。どうか頼むぞ。俺は頼んだからな」

それでもすましてちんとしているふたりになんともいえず不安をかき立てられてたまらず、ブランはわざわざ数歩戻って、マントの端を裂いて男の口に猿轡《さるぐつわ》としてくくりつけた。これで少なくともこいつがわめきだすことはなかろう。ヤモイ・シンが口をとがらせる。

「これ、そのようなことをしては、この者に教理問答をしかけても答えが聞けぬではないか」

「だから問答するような相手ではないと……ええい、とにかく、こいつには黙って師の言葉を聞く時間も必要だろうということだ」

やけになってブランは布の端をぎりぎりひねりあげた。

「勤めの間に酒を飲むような男はまず、きつく説教するものだ。問答するのはそれからだ。仕事をなまけた小坊主は、叱られるところから始めるだろう。抗弁も擁護も余地はないと、そちらのソラ・ウィン殿もおっしゃったではないか。御僧がたがきっちりとよく言い聞かせる話を、黙って聞くように念を入れているのだ。なにしろ性根が曲がっているから、いつわめいて暴れて師僧に無礼を働かんともかぎらん」

「いやはや、人をそのようにあしざまに言うものではないぞ、剣士よ」

ヤモイ・シンは悲しげに頭を振った。

「人はみなミロクの子、魂の奥底にはかならずミロクの光明がある。ほんとうに性根の曲がった人間などおるものではない。誰しもひとたびおのがうちのミロクに逢わば、たちまち迷妄の夢から目覚め、真の叡智に達するものよ」

「ああわかった、わかったからそういう話はぜひこやつに聞かせてやってくれ。じっくりと。好きなだけ」

ちょうど人気も絶えてしんとした。ブランは扉を出る機をうかがいつつ、最後にちらとふたりの聖僧に目を投げた。彼らはすでに道をあやまった男が目を覚ますのを待っていて、こちらに背中を向けていた。棒にぼろを巻きつけたようなまっすぐな背中と、しなびた棗《なつめ》をぼろで包んだようなまるい背中がならんでいるのを見ると、またなんともいえぬ不安がぐっと喉元へこみあげてきた。

「では」と短く告げ、外へ滑り出て扉をしめると、われ知らず深いため息が漏れた。念のため、ミロクの騎士の腰から奪った鍵束で、扉には外から鍵をかったが、なんとなくこの浮き世離れした老人ふたりであれば、そのようなことは気にもかけずに、戸を開けてふらふら出てくるのではないかという疑念が、歩み去るうちにも踵《かかと》にまつわっていっかな離れなかった。


一抹も二抹も不安は残ったが、気にしていてもなにもならない。ブランはしいて置いてきた老僧たちのことは頭から押しのけ、目の前の事態に集中することを自分に命じた。

ミロク騎士の鎧の下で耳をそばだてているうちに、しだいに状況も理解できてきた。どうやら、あのルー・バーというあわれな男を解放してやったことが察知され、そのために、神殿にくせ者が侵入したことが喧伝《けんでん》されているらしい。周囲を走り回る平信徒や下働きの男女は、正確なところはなにも知らず、ただ教団の上層部が怒り狂っているらしいこと、騎士および教団お抱えの魔道師たち全員に緊急の警戒命令が出されていることに震え上がって、ただもう右往左往している。

もともと争いやそれに伴う荒事には不慣れなミロクの信徒たちである。〈新しきミロク〉に引きずりこまれたとはいえ、完全に操り人形と化しているものはさほど多くはなく、平和なお勤めの日常へとつぜん乱入してきた嵐の気配に、ただもう動転一途、ときおり上層部から下されてくる命令もあれやこれやと混乱していて、彼らとしてはひたすら肩を寄せ合い、震えおののくしかないようだ。

ブランにとって幸いだったのは、このような混乱の中では誰もきちんと騎士ひとりひとりの顔を確認しようとせず、完全武装で面頬をおろしたその姿にも、これから連隊の召集に応じるところなのであろうと解されて、かえって道をあけてもらえたことだ。

(すまんな、皆の衆)

おののきながら頭をさげてにせミロク騎士を通してくれる彼らに横柄に顎をあげてみせながら、心の中でブランは謝った。

(だがこれもお前たちのためだ。ミロクの名を名乗ってこの聖都を簒奪《さんだつ》せんとする悪魔を払うためのいつわりだ。いつか謝る時がきたならば存分に謝罪しよう。いましばし待っていてくれ)

つと足をとめる。先の通路を、声高に話し合いながら、甲冑の音もやかましく武装した騎士の一団が通り過ぎていった。彼らが通り過ぎるまで、ブランは知らぬ顔で壁のほうを向き、剣の柄を子細に調べるふりをしていた。

本物のミロクの騎士に立ちまじるのはまずい。敬礼のしぐさくらいはそれらしく真似られても、もしかしたら彼ら独自の秘密の符丁が存在するのかもしれず、奪い取った装備一式を身につけているだけのブランでは、ごまかしきれない危惧がある。あるいはこの装備を奪った例の男の知り人がいて、それと見分けるかもしれない。声でもかけられて、親しい話でもされようものなら、化けの皮がはがれてしまう。

（ヤモイ・シンはもう一つ二つ上の階層に怪しげな場所があると言っていたが——）

別れる前、ヤモイ・シンはその観自在の眼をもって見通したミロク大神殿の見取り図を地面に描いてブランに示した。まさか持って歩いていちいち確認するわけにはいかぬから、ブランはその場ですべてを頭にたたき込み、今も、眼前に広げるようにはっきりと脳裏に描くことができた。複雑な海図と潮の変化を記憶し、迷路のような入り江をかいくぐって船を進めることに慣れた、ヴァラキア男ならではの能力だ。

危険そうな集団に出会うたびにそれとなく身を隠し、あるいは目立たぬ場所で爪を調べるふりをしながら、ブランは頭に刻んだミロク大神殿の見取り図を確認した。

大神殿は、本殿は地上七層、地下は原ミロクの地下遺跡を勘定に入れずでも十層を越える広壮な一大寺院で、ほかにも十層、二十層という尖塔や仏塔がおびただしく敷地内に立ち並び、また小礼拝堂、ミロクのさまざまな尊像を飾った御堂、喜捨を受けつけるいくつもの祈禱所、札や護符を売りつける売店など、あげるに暇のないほど小さな建物が密集している。

もっとも、これらは主に参拝者や観光にやってきた人間に見せるための区域だけの話で、ブランがぽん引きもどきの案内人に引き入れられた大神殿表内陣をこえた奥になると、ぐっと雑多さが減る。簡素な作りの僧坊をはじめ、ミロクの騎士たちの詰め所、お勤め所、いささか華美に作られた姫騎士と言われる女信徒たちの宿所などが整然と立ち並んでいる。

人々の目に触れる地上部は、主に修行中の雛僧や位の低い僧たちを中心に物事が運んでおり、騎士たちもあまり目立たぬようにしているらしい。しかし、神殿の奥に進み、あるいは裏へ回り、下層へ入り込めば、話はまったく違ってくる。

ブランはあの通路の隠し扉と、その裏にひそんでいたいまわしい黒い魔女の熱い手の感触を思い出して背筋を粟立たせた。壁いちまいを隔てた場所に、どのような邪悪がひそんでいるのか知りもせぬ善男善女が、なにとも悟らぬうちに邪教の手に誘い込まれ、ヨナが口にしていたような怪物めいた操り人形に作り替えられてしまうのだ。

イグ＝ソッグのひとつ目を通して見た頽廃《たいはい》と罪業のちまたは、実直にして明朗快活なブランの気性にとっては唾棄すべきけがらわしい所行としか映らなかった。〈新しきミロク〉が異界の竜王の指先によってあやつられるものであろうがなかろうが、ああいう腐った者どもは断じて許しがたい。人の心にひそむ悪と闇を巧妙にあやつり、暗黒の痴愚へ落とし込むのが竜王のやりかたなのであろうが、そんなことをさせておけば、聖なるヤガはいずれ中原に広がる精神の疫病の巣と化す。

自分のいる場所を推測してみるに、どうやら今は、イグ＝ソッグの姿で連れ込まれたあのミロクの像のある大聖堂や、カン・レイゼンモンロンの私室の層から三層ほど下まで来ているようだ。頭の中で経路をたどり、骨の御堂のあった場所から十二、三層昇ってきていることに、なにがなしぎょっとする。監禁されていた低層の地下牢からかなり潜ったとは知っていたが、そこまで深い地の底から上がってきたとなると、この大神殿はそもそもどれだけの秘密を地下に抱えているのであろうか。

ヤモイ・シンが示したいくつかの『見通せぬ場所』は、まずこの層のすぐ上にひとつある。「黒く靄《もや》がかかっておるようで、中で影が動いておるのはわかるが、どうもはっきりせぬ」と老僧は言った。

その中の〈影〉がヨナ、もしくはフロリーのどちらかであればよいとブランは祈った。理性的な部分では、そう簡単に二人は見つかるまいとは考えていたのだが、いざ行動に出た以上、戦士の気は手綱をふりきらんばかりに逸《はや》りに逸る。

〈ミロクの聖姫〉はじめ、あの三人の魔道師ども――黒い魔女ジャミーラ、石の目のイラー、醜貌の矮人イラーグ――が貼りついて守っているに違いないのだが、いったん鎧を身につけ、剣をとりもどした以上、ブランの意気はかなり上がっていた。なんだかんだと扱いに困る老僧ふたりから解放されて、いささか浮かれていたかもしれない。

いざとなれば魔道師どもを片端からたたき斬り、より来る有象無象《うぞうむぞう》を右に左に引っさばいて、みごと脱出を果たしてみせよう。この身にいかな傷を受けようが、なんのことやはある。団長カメロン卿——ああ、おやじさんは健勝であるだろうか！——の命令を果たし、かつはわが小君主たるスーティ、小イシュトヴァーン王子への誓い通り、ヨナ博士とフロリー殿をこのけがらわしい魔教の地から救い出すのだ。それでこそ武士の本分、男としてのほまれではないか。

「おい！」

少し意気込みすぎていたのかもしれない。

ブランは足を止めた。

できるだけ落ち着いて見えるように、ゆっくりと振り返る。マントの下で、そっと剣柄に手をのばす。

背後、今通り過ぎてきた横の通路から、ミロクの騎士がひとり、胴丸に籠手と臑当《すねあて》だけつけた兵士一団を引き連れて、不機嫌そうにこちらへやってくるところだった。これ見よがしに鎧の胸当てに金のミロク十字を塡《は》め、マントにも金糸で同じ意匠を刺繡している。兵士たちは短槍を針山のように押し立て、むっつりと指揮官のもとに従っている。

「貴様、このようなところでまだうろうろしているのか。大導師さまより緊急の召集があったのを聞いていないとは言わさんぞ。狼藉者が聖所の奥にまで侵入したのにどうして気づかなんだかと雷のごときご叱咤を、貴様受けなかったのか。所属はどこだ。名前を言ってみるがいい」

「は、その、いささか風邪の気味で、薬湯をいただいて詰め所で休んでおりましたもので」

肩衣の襟で口元を隠しながら、もごもごとブランは言った。

「どうやら、薬湯が効いて眠り込んでいたものと考えます。たいへん申し訳ありません。これから所属の連隊へ向かうところでございます。急いでおりますので、これにて失礼を」

「待て。どうもはっきりせん奴だ。名を告げよ。これ、顔を見せろ」

くぐもった声は風邪のせいだと思ってもらえるよう期待していたのだが、無駄だったらしい。咳込むふりをして後ろに下がったブランに、なにやら不穏な空気を感じ取ったようだ。騎士はずいと前へ進み出てきて、顔をそむけようとするブランの面頬に、荒れた指先をのばしてくる。

（えい、これまでか）

ブランは腹をくくった。

おとなしく面をはがれると見せかけておいて、相手の指先が触れる一瞬、大きく身を沈め、大喝一声、引き抜いた大剣を一息に上へ薙《な》いだ。

血が飛び散り、一拍遅れて、泣くような悲鳴が響きわたった。

あたりは一瞬にして、沸騰する鍋の中のようになった。

誰も彼もが叫び、走り回り、悲鳴を上げてぶつかり合っている。指先を切りとばされた敵手《あいて》は流血する手を押さえてその場に崩れ落ち、そやつを捕らえろと悲鳴のように怒鳴っている。

磨かれた床には点々と鮮血が散り、飛ばされた指が芋虫のように転がっている。ブランは面頬の中でにやりと微笑み、剣をかかげて馬鹿丁寧に一礼すると、くるりと向きを変えて走り出した。

「追え！」

兵士たちに助け起こされながら、騎士が絶叫している。

「追え！　けして逃すな！　大導師さまのご命令だ。必ず捕らえて、大師さま方の御前に突き出すのだ！」

「お断りだな」

ブランはひとりごち、邪魔になるマントをはぎ取って、ちょうどかたわらの扉から出てきた男のとまどい顔に投げつけた。

いきなり重い毛織物に頭をくるまれた男はもがもが呻きながら通路のほうへよろめい

ていき、追いかけてきた兵士の一団にぶつかって、いっしょくたに横倒しになった。罵声と悲鳴、泣き声がこだまして、狼めいたブランの笑みをいっそう深めた。

ひゅっと息を吸って、もがきながら起きあがった敵の頭に一気に駆け上る。階段にされたことに相手が気づく暇も与えず、さらに後ろにつめかけてきていた一団に大きく横なぎの蹴りを放ち、手近にいた指揮官らしき男の顎に、流れるような強烈な一発を加えた。血にまみれた歯が飛び散り、乾いた穀粒のような音を立てて転がった。続けて隣の男が陥没した鼻を押さえて鼻血の糸を引きながらのけぞる。

「ハ、ハ！」

嘲《あざけ》りの笑いをあげてブランはくるりと宙返りして飛び降り、突き出されてきた槍をさっとなぎ払った。切断された槍先がばらばらと落ちる。槍兵が狼狽して後退する。研《と》ぎあげられた一本を軽く蹴り上げ、つま先で弄《もてあそ》ぶと、思い切り蹴り飛ばした。槍穂の鋭い切っ先は投げナイフのように飛んで、兵士の喉笛に突きたった。

「邪魔だぞ、邪魔だぞ、この甲冑は！　お前たち、ほんとうの戦士というものを知らんな！」

ブランは冷笑し、新たに手元まで蹴り上げた槍穂をつかんで、それを短刀に、上半身をしめつける鎧の革紐をさっと断ち落とした。ゆるんだ甲冑ががらがらと離れて転がる。血と汗と敵の恐怖の臭いほどブランの熱い血をわきたたせるものはない。頭を振り、乱れた髪をたてがみのように逆立てて、ブランは猛獣の笑みに歯をむいた。

「奴は鎧を脱いだぞ！　突け、突き通せ、動きを止めるのだ！」

集団のはるか後ろのほうで、また上位の指揮官らしき男がおびえたように叫んでいる。

ひゅっと耳もとを槍がかすめ、次から次へと短槍が剣の林のように突き出されてくる。

甲冑を脱いで身軽になったブランには、剣と籠手さえあれば十分だった。異常に感覚が研ぎ澄まされ、兵の動きと空気の鳴る音がひとつひとつはっきりと判別できる。風に柳がしなうように、目にもとまらずブランは槍衾《やりぶすま》をすり抜けた。兵たちの誰ひとり、なにが起こったかも理解していないうちに、ブランは囲みを抜けて指揮官の眼前にいた。

華美な上衣をまとい、太鼓腹をかかえた中年男が、申し訳ていどの武装をしてぽかんと口をあいている。

「いい剣を持っているな」

相手の腰につるされたこしらえのいい剣を見て、ブランはにやっとした。

「貴様にはもったいない差し料だ。貰うぞ」

言いざま、片手に下げていた兜を横殴りに指揮官の頬げたへ叩きつける。ぎゃっと叫んでよろめいたところを、勢いをつけて籠手の甲で殴り飛ばした。ぐにゃりとその場に倒れ込んだのを受け止め、剣とついでにそろいの短剣もむしりとる。

「アルカス様！　アルカス師団長を守れ！」

ようやく気を取り直して向き直ってきた兵士たちに、「そうら！」と怒鳴って、師団長の弛緩《しかん》した身体を放り投げる。突き出した槍であやうく指揮官を串刺しにしかけ、前列の数人があわてて後ろへ下がる。その上へ、ふくれあがった粉袋のような師団長の身体がどっと落っこち、何人かを下敷きにした。

手にした剣のつりあいを量って、ブランはまた高々と笑った。

「ああ、いい剣だ。もうこいつはいらんな。返そう」

師団長の重い体の下からはい出そうともがいている兵のうなじに、前の剣を鞘ごと打ち下ろす。首が妙な音をたて、兵は泡をふいて伸びた。ブランは床をけって後ろへ跳び、ふたたび寄せ手から距離をとった。剣を前にたて、敵の血のしたたる籠手をこれ見よがしに動かす。

「俺を止めようと思う奴は命がけで来い。よいか、ヴァラキアの男を相手にするというのはそういうことだ」

肌に感じられるほどの動揺が走り、兵士たちはなだれるように後ずさった。相手がもはや槍も、弓矢などの武器もあげようとしないのを確かめて、ブランはさっと向きを変え、剣をさげたまま駆けだした。

「な、何をしている、追え！　追え！」

数拍おいて、焦りに震える叱咤が背後からこだましてきた。その時にはもうすでにブランは入り組んだ神殿の地下通路を疾走しており、先ほどの通路からそれて、もっと細くわかりにくい通路へと移っていた。

いかに勇猛なブランとはいえ、このヤガと大神殿に巣くうすべての兵士を相手取って勝てるとは思っていない。武勇と無謀をはき違えるほど愚かなドライドン騎士ではない。先ほどのは相手を圧倒し、ひとまず、時間をかせいだだけにすぎないのはよく承知している。

できればもう一度服を変え、顔を隠してヨナやフロリーを捜索したいのはやまやまだが、紛れるべき隙がなかなか見あたらない。そこらへんを往来していた下働きの平信徒たちはすっかり怯えてどこかへ隠れてしまったようで、血のあとを残しながら駆けるブランの視界には、当て落として衣服を奪えるような人間がどこにも見つからなかった。

ブランは舌打ちし、走りながら片手ずつ籠手をとり、暫時《ざんじ》立ち止まって臑当てと靴も脱ぎ捨てた。どちらも先ほどの小競り合いで血に汚れ、進んできた道筋に足あとや血痕を残しているし、がちゃがちゃと重くうるさく、その上他人のものなので、やはり動きづらい。

結局剣と短刀だけを手元に残してみな捨て、誰かが食べたあとの食器が大量に山になっているところへつっこんだ。今ごろは兵士たちも気を取り直し、くせ者がこのあたりに出現したことを各方面に通達しているはずだ。もっと装備を調えた、練度も高い部隊が投入されてくるのも時間の問題だろう。それより前にまた姿を変えるか、どこか隠れる場所を見つけて身を潜め、時節を待つかどちらかだ。

さすがにいくつか薄手を負っており、肩や腕にできた切り傷から血が流れている。鎧の下に着ていた胴着の裾を裂き、傷に押し当てる。特に出血している肩には何重にも布を巻きつけ、ぐいと歯で縛った。血痕を残すのはもちろん、戦場以外で、血の臭いは命取りだ。犬でも出してこられてはどうしようもない。少なくとも、ヤガに入ってからは犬の姿はほとんど見ておらず、これまでそれとなく観察してきた中でも、神殿で犬は使われてはいないようではあったが、用心に越したことはない。

少し息が切れてきた。壁にもたれてしばし大きく呼吸をし、どどろく心臓をなだめる。目を閉じて気を鎮め、頭の中の大神殿の見取り図を確認した。闇雲に走り回ったため進路を確認するのにしばらく時間がかかったが、上へ上へと気をつけて進んできていた甲斐あって、おそらく、さっきの層からもうひとつ上、例の『見通せぬ場所』のひとつがある階層が近いものと感じられる。

(さて、あそこへたどり着くには、どのように裏道を抜ければよいものやら――)

「いたぞ！　あそこだ！」

ブランは跳ね上がり、ほぼ本能のまま低く身を沈めた。頭上を何本もの矢がうなりをあげて通り過ぎ、壁に矢羽根の林を作った。そのまま立っていたら、ブランがあなっていたところだ。

通路の行く手、別の通路と交差する場所に、小型の弩弓《どきゅう》をかまえた弓兵を押し立てた一隊がひしめいていた。弩弓隊の背後にはさらに連写の早い短弓をかまえた兵が並び、弩弓隊に続いて猛烈に矢を射かけてくる。

接近戦を挑んではならんという頭はあるようだな、と心の隅で嗤《わら》いつつ、ブランは目の前に飛んできた数条の矢を短剣で右へ左へ受け流し、豹のごとく疾った。背筋の皮一枚上で、飛矢がするどく空気を切り裂く。

ほとんど床に身をこすりつけるようにして疾駆するブランは一陣の黒い風だった。弩弓隊がまだ次の矢弾をかけおわらないうちに、疾風はその眼前にあった。先頭の兵が汗にすべる指を引き金にかけようとしたとき、真正面に、白い歯を牙のようにむきだした笑いがあった。

ひい、と声をあげてのけぞりかけた瞬間、一閃が走った。密集し、膝をついて狙いをつけていた弩弓兵はたちまち足を払われ、ふくらはぎや足首を斬りとばされて、血煙の中に倒れた。

一瞬前まで標的がいたはずの空間に矢を向けていた弓兵があわてて下に狙いをつけようとするが、弓は近すぎ、かつ迅《はや》すぎる標的に対してはほぼ無益だ。血の中にのたうつ弩弓兵を飛び越えたブランはたちまちその真ん中に降り立ち、縦横無尽に剣をふるった。

弓矢をつかんだままの腕や手が飛び、悲鳴がほとばしる。

ろくに狙いもせずに弦《つる》をはなれた矢がブランの頬をかすめ、ほかの弓兵の胸に突きたつ。目も口もぽかんと開けたまま、まっすぐ倒れていくのをつかのまブランは哀れみの目で見やり、「待て！」と通路のむこうをさっさと逃げようとしている背中に呼びかける。

「貴様、この兵らの指揮官だろう。部下を見捨てて逃げる将がどこにある。戻って部下どもの仇をとってやるがいい。俺はここだぞ」

こちらを向いた顔はびっしりと脂汗をかいていた。先の部隊の指揮官よりはまだまともな装備をしている。性根もそこそこあると見えて、「ミロクの聖域を侵す痴《し》れ者が！」と唸ると、腰の剣に手をかけ、まっすぐにブランにつっかかってきた。

おそらく鎧もつけず、剣一振りと短剣しか手持ちのないブランに対して、完全装備の自分のほうが有利だという計算もあったに違いない。だが、それは読み違いというものだ。

まだ相手の剣がなかばまで鞘の中にある間にブランは一気に間を詰めていた。ぎょっとむいた目がすぐ近くに迫る。抜き放たれた刃がぶつかってぎんと鳴った。男の生温かい息づかいがすぐそばをかすめ流れる。

「遅い！」と怒鳴って頭を突き上げると、鈍い音がして、頭突きで砕かれた顎をのけぞらせて指揮官は剣を取り落とし、よろよろと後ずさった。体勢の崩れたふところに勢いを乗せた身体ごとぶちあたり、床に押し倒す。落ちた剣を蹴り飛ばし、胸の上にまたがって動きを止める。もがく相手の喉笛に指をつきつけ、抜き身の刃を耳の下に寄せる。

「貴様、この中には詳しいか」

きしる声でブランはささやいた。

「魔道師どもが隠している貴人の幽閉所を知っているか。言え。言えば命はとらずにおいてやる。言わねば」

喉笛にあてた親指に軽く力をこめる。

相手は息をつまらせ、あがき、ブランに食らいつこうと歯をむいたが、また指に力が加わるとたちまち顔面から血の気が引いた。

「し、知らん」

圧迫された喉から出てくる声は聞き取りにくい。ブランは眉間にしわを寄せ、指にかけた力をわずかに緩めた。相手はむせ、唾を飛ばし、ついでにブランに唾を吐きかけようとしたが、鼻先に短剣をちらつかされるとたちまちおとなしくなった。

「本当に知らんのだ。本当だ」

あえぎながら男は言った。血と戦いに酔いしれ、破れた胴着も、むきだしの腕と顔も髪も、おびただしい返り血に染んでいるブランの形相は、真実を吐かせるのに驚くべき効果がある。

砕けた顎では言葉を形づくるのに苦労しているようだった。ブランは短剣を動かさないようにしながら相手の顔に耳を近づけた。耳障りな呼吸の音が近くなった。

「われわれ衛兵師団にはそのようなことは知らされていない。われわれはただ五大師様、そしてカン・レイゼンモンロン様のご下命によって動くだけだ。貴様の言う貴人の話など聞いたこともない。頼む、指をゆるめてくれ、息ができない」

「嘘をつくとためにならんな」

ブランはまた軽く指先に力を込めた。男の顔は白を通り越して青緑色を帯びた。

「やめてくれ」

また声が出るようになると、男の口調はほとんど哀願に近くなっていた。

「本当に知らんのだ、本当だ。俺はミロク教徒ですらないんだ。ヤガに最近大きな勤め口ができたと聞いてやってきた、ライゴールの傭兵にすぎない。あんたが誰で、何のために働いているか知らんが、ミロク教団内部のことについては、俺たちは何一つ知らされていないんだ。頼むから、指をのけてくれ」

「傭兵だと」

ブランはしばし口をつぐんで考えた。

傭兵。ありそうな話だ。

考えてみれば、もともと争いを徹底的に拒否するミロク教徒を、いきなり兵士として編成するのは無理がありすぎる。外部からとりあえずの兵力を傭兵として抱え込み、その間に、〈新しきミロク〉によって洗脳された信者たちを訓練するのが常道だろう。傭兵たちは金次第でどこにでもつく。しかも信用にかかわる以上、基本的に雇い主の情報は漏らさない。時間はかなりかけたのであろうが、よく他国に気づかれずに、これだけの勢力を揃えられたものだ。

が、中原の戦乱が一段落し、グイン王のケイロニアが後退して、高貴なパロも弱体化している今、傭兵たちにはいい稼ぎ口がほとんどないのだろう。潤沢な賃金がきちんと支払われてさえいれば、多少抹香臭《まっこうくさ》かろうとなんだろうと文句は言うまい。

その上ヤガにいるのは、そもそも羊のようにおとなしいミロク教徒がほとんどだ。鎧を着て歩き回るだけで、金と酒と女が好きなだけ手に入るとなれば、あまり信念のない人間であれば大喜びで〈新しきミロク〉の騎士となるに否やはあるまい。

「お願いだ、離してくれ。もうこんなところは沢山だ」

男はまた哀願した。考えている間もブランの指は大声が出せないよう喉仏に食い込み、短剣の先は耳の下を刺している。身じろぎすると鋭い切っ先がさらに深く食い込み、男はびくっと身をすくめた。

「あの蛇みたいなキタイ人に頭を下げるのも、お抱えの気味の悪い魔道師どもにへいこらしなきゃならないのも、うんざりなんだ。あんたの知りたいことを知ってたらとうに教えてる。俺たちはただ、神殿に侵入したこそ泥を捕まえて連れてこいって言われただけなんだ。あんたみたいな豪傑が相手だなんて聞いてない」

「俺を言いくるめるつもりか、こいつめ」

ブランは眉を逆立ててぐっと力をこめた。ぐえ、と男は呻き、指が緩むと笛のような音をたてて必死に空気をのみこんだ。

「ならばせめて道を教えろ。人目にたたずに上層へ進める通路だ。仮にも騎士と名乗っていたならば、それなりに神殿内の通路は知っているはずだ。貴様らの同類が隠し女のもとへ向かうところに会ったぞ。どうせ、女や酒や賭事のために、内緒の通路や部屋をたっぷり知っているに違いない。そいつを俺に教えろ。俺には果たさねばならぬ使命があるのだ」

「それは——」

男がその先になんと言おうとしたかは、わからないままだった。

突然背筋を駆け上がった悪寒に、ブランは全身をバネにして跳ね、男の上からぱっと飛び退いた。

一瞬おくれて、男の全身が紅蓮の炎に包まれた。すさまじい業火の中で男が悲鳴をあげ、もがき、むきだした眼球が卵のように煮え立ち、しぼんでただの穴になるのを見た。

差し出された手がみるまに黒く変わり、炭になって崩れ落ちた。肌の焦げそうな高熱と光、焼けていく肉の悪臭に、ブランは腕で顔をおおった。

「勘が良いな、虫けら」

あざけるような声がした。顔を覆う腕に短剣を、もう一方の手に剣をかかげ、ブランはつま先で回って後ろを向いた。

石で刻まれたひとつの目と、黒いふたつの眼窩《がんか》があった。

キタイの貴人のゆったりした寛衣をまとった男は、あまり質のよくない奴隷を検分する主人のような顔で、退屈そうに後ろで手を組んでいる。ブランの手の短剣も、掲げられた剣も知らぬ顔だ。額に巻かれた飾り布の下で、彩色された石の眼球がぎょろりと動く。

「それとも良いのは運か、こやつ」

また別の、踏みつぶされた蝦蟇《がま》のようなざらついた声が笑う。

キタイの貴人姿の男の背後から、奇怪な茸のようないびつな影がずるりと生えた。がに股の足を踏みだし、背中の膨れ上がった大きな胴体を支える。ほとんどない首にのった、平たく押しつぶされたようなあばただらけの醜貌が黄色い歯をむいてブランを見ていた。

「ただ悪運が強いのさ。あたしをさんざん虚仮《こけ》にしといて、よくこれだけのことがやれたもんだねえ、鼠」

とげとげしい女の声が言い、空中からわき出るように黒髪が舞った。たわわな乳房と尻をわずかな布で隠しただけの、黒檀《こくたん》の肌の女が音もなく先の二人に並んで降り立ち、毒蛇の目でブランを睨《にら》んだ。

ブランは両手の武器を構えたままじりりと後退した。通路にいまだこもる熱気が身をあぶり、生きたまま焼かれた男の残骸が踵の下で崩れる音を聞いた。

「魔道師」

食いしばった歯の間から、ブランは唸った。

3

「いやったらしい不能の下衆め」

ジャミーラ――ミロクの黒い聖姫は腰を振りながらゆっくりとブランに近づいた。片手をあげ、空中からひとつかみの闇をつかみだして、きらめく刺繍の入った漆黒の腰布に変える。またたく小粒の宝石や金糸の縫い取りが夜空の星のように光り、闇そのもののようなつややかな黒い肌を覆った。桃色の厚い唇を不愉快そうにゆがめ、ブランに顎をつきだす。

「あんたのおかげで、あたしがどれだけカン・レイゼンモンロン様のご不興をかっちまったかその身に教えてやりたいもんだ。まさかあの馬鹿のイグ＝ソッグを乗っ取ってたとはね！　いったいどんないかさまを使ったんだい？　よくも騙してくれたね、一度ならず二度までもあたしに恥をかかして、無事ですむとお思いでないよ」

「愚劣な女のおしゃべりは聞くに堪えんな」

ベイラーが冷笑した。ジャミーラが刺すような視線を向けるのを無視して、ベイラーは石の目と空洞の眼窩を両方ブランに向け、試すようにすかし見た。

「ふむ。どう見てもただの男だな」

石の目がぎょろりと回った。

「わが魔道を破り、あの愚か者のルー・バーを始末してのける能力があるとはどうも思えん。そもそも常人に奴を発見することなどできぬはず。奴の中に入り、蟲どもに食われもせず殺してのけるのはもちろんのことだ。貴様、誰と結んでいる、蛮族」

ブランの足もとに火花が走った。跳びすさると同時に床石がはじけ、黒こげになった兵士のわずかな残骸が黒い粉になって舞った。

「貴様ひとりであれだけのことが為せるとはありえん。貴様の背後にいる者の名を告げよ、蛮族。いずこの間諜《かんちょう》か、あるいは盗賊か、兵士か、なんのためにこの聖なるヤガに侵入したか、言うがいい。楽に殺してやる」

「おおかた、こいつはケイロニアのグインについているのさ。おかたい豹頭王さまにね」

ジャミーラが毒々しく吐き捨てた。

「きっと、あいつに頼まれて何か探り出しにきたんだろう。おお、グイン！　あいつの味方をしてるってだけであたしはあんたを引き裂いてやりたくなるよ、偉そうにかまえた気取り屋のくそったれたけだものめ、あいつはあたしに何度恥をかかせりゃ気が済むんだ！」

「お前の手管《てくだ》が通用しなかったことがそれほど腹が立つか。さすがは泥に浸かった売女《ばいた》だけのことはあるわ」

イラーグがげっげっと蛙《かえる》のような笑い声をたてた。

ジャミーラがきっと矮人に目を向け、おどすように手を挙げかけたが、「やめよ」とベイラーが叱咤した。

「どうやらこの男は考えていたよりいろいろ面倒なようだぞ。ふむ、われの読心術が効かんとはな。このような蛮族の心など、掌《たなごころ》をさすように読みとれるはずなのだが、霧のようなものがかかってよく見えぬ。催眠もはじき返すようだ。カン・レイゼンモンロン様をあれだけ怒らせただけのことはあるのかもしれぬ。見た目通りの男でないことは確かだ」

そこでブランはようやく、先ほどからなにか肌の上を虫が這いずり回るようなむずむずした感覚があったこと、心臓を見えない手でそっとなでられているような不快感が続いていることを意識してぞっとした。にらみ合っているうちに、心を読みとるか催眠をかけて操り人形と化す試みが進行していたのだ。おそらく、イェライシャが前もって防護の術をかけておいてくれたか、カン・レイゼンモンロンに奪われたあの特別なミロク十字の力が、いまだに身にまつわっているのだろう。いまだに連絡のない老魔道師ではあったが、つかのまブランは声のない感謝を送った。

「ひとまず、拘束して大導師様のもとへ連れ戻るのだ」

　ベイラーは言った。

「心が読めぬとあらば、自ら口を開かせる以外には法がない。イグ＝ソッグに擬態し、地下牢から脱出してのけ、そしてまたしてもミロクの兵士を大量に殺してのけた男だ。目的と背後にある者をぜひとも吐かせ、そののち、じっくりと時間をかけてなぶり殺しにするがよかろう」

「あたしに命令するんじゃないよ、偉そうに」

　ジャミーラはかみつくように叫んだが、同時に、さっと頭を振った。黒髪が生き物のように逆立ち、どっと波打った。

　ブランの周囲で床がうごめき、地獄からわきあがる異様な蔓《つる》植物のように、黒髪の束が襲いかかってきた。

　はげしい呪いの言葉を吐き、手足を縛ろうとする髪の触手に短剣で切りつける。だがしなやかな髪に触れたとたん、するどい刃はジュッと音を立て、強烈な酸を浴びたように溶け落ちた。ぎょっとしつつも柄を投げ捨て、身をちぢめて髪の網をくぐり抜ける。だが髪は艶々《つやつや》とうねって追いすがり、たちまち手に、足に、首にぎりぎりと巻きついた。

　剣はまだ握りしめているが、それさえほとんど刀身も見えないほど真っ黒く髪に巻きつかれている。全身の力を振り絞っても、魔女の拘束は解けなかった。悪意のこもったジャミーラの高笑いが聞こえてきた。

「今度は逃さないよ、ねえ、色男？〈ミロクの聖姫〉の抱擁から逃れようとするのがどだい無理なのさ、聞こえたかい。前はうまくしてやられたけど、今度は逃すもんか。カン・レイゼンモンロン様の御前ですっかり腹の中を吐いて、それから、たっぷり楽しませてもらうよ。あの時おとなしくあたしの言うままにならなかった自分を恨むんだね！」

そしてまた高笑い。髪は口や鼻の中まで入り込んできて、息を詰まらせた。ぎりぎりと全身が締めつけられ、肺の中に残ったわずかな空気さえ絞り出される。異国の濃厚な香とさらに濃い女の匂いが脳髄を痺《しび》れさせ、意識が薄れていく。

（おお、気をしっかり持て、目を開けろ、ブランよ！）

幾重にも巻きついてくる黒髪地獄の中で、ブランは力を振り絞っておのれを鼓舞した。

（俺はこんなところで死ぬわけにはいかん。ヨナ博士を救いだし、竜王の野望の危機を中原に告げ知らせるのだ。フロリー殿を取り戻し、スーティ王子を母君と対面かなわせるのだ。使命なかばで邪教の徒の手にかかって、ヴァラキア男の面目が立つものか。俺を信じて託してくれたおやじさんの心に応えるのだ、ブラン！　ブランよ！）

だが、いかにブランの魂が強靭であっても、限界はあった。うち続く戦いと緊張で消耗してもいた。暗闇が少しずつ忍びより、必死に開いた目の中に異様な影が踊り出した。眼前に立つ邪悪な魔道師三名の含み笑いが遠く近くなり、耳の中で轟々と鳴る血の音にまぎれた。

最後の空気が肺から絞り出され、ブランはがくりと仰向《あおむ》いた。指がゆるみ、最後まであがこうとしていた足がだらりと垂れ下がった。三人の魔道師はそれぞれの声でいっせいに高々と哄笑《こうしょう》した。

だが、笑いは驚愕と動揺によってとぎれた。「なんだ、あれは」とベイラーが叫び、続いてイラーグがうなるように何か唱えた。すさまじい稲妻がひらめき、ブランを撃とうとしたが、体に触れる前に吹き消されるように散って消えた。

光がはじけ、ブランはどっと床に崩れ落ちた。全身に絡みついた黒髪の繭は吹き飛んでいた。空気がしぼんだ肺にどっと流れ込んできた。

ジャミーラが聞くに堪えない言葉をわめきちらしている。ブランは床の上からかろうじて動く目をあげ、頭上を見た。強い光を放つ何物かが、微動だにせずそこに浮いていた。かすかな、蜂の羽音に似た顫音《せんおん》が耳に届いた。

『動くな、騎士よ』

声が頭の中に直接響いた。男とも女とも、大人とも子供ともつかぬ奇妙な声だったが、なぜか、どこかで聞き覚えがあるようにブランは感じた。

『空間を移動する。いささか辛いであろうが、こらえよ。このような魔道師づれを相手にしているときではない。われらには使命がある』

使命、とブランはかすかに唇を動かした。かろうじてまだ持っていた剣を本能的に握りしめる。三人の魔道師はじだんだを踏んでてんでに魔道を放っている。炸裂する魔道があたりでさかんに火花を散らしているのはわかったが、なにも感じはしなかった。

強い光がブランを持ち上げ、そっと包み込んだ。そして闇がきた。全身を裏返しにされるような強烈な感覚に打ち倒され、ブランは今度こそ、完全に気を失った。

ブランは目を開けた。

静かだった。空気はかび臭いが乾いており、ヤガではどこでもついてくる香の匂いが混じっている。用心しながら身を起こす。魔女の髪に締め上げられた筋肉が悲鳴をあげ、思わず歯を食いしばる。

金属のこすれる音がし、まだ手にかたく剣を握っていることに気づいた。こわばった指は離そうとしても離れず、あきらめて、抜き身の剣を垂らしたまま身体をずり上げ、壁にもたれかかる。

まだ視界がはっきりせず、頭には悪夢の霧がかかっていた。断片的な記憶が乱れ飛び、考えをまとめることができない。息をしようとして胸の痛みに咳こみ、またもや苦痛に身を折る。膝の間に頭を垂らしてあえいでいると、頭上あたりから声がした。

『参っておるようだな』

ブランは弱々しく頭を振った。声は続けて、

『よい、しばし休め。われが治癒と祓いの術をかけたゆえ、すぐに動けるようになる。あの魔女の髪の魔力を打ち消すのに多少時間がかかっておるが。じきにまた、その剣を振るうべき時がくるぞ。逸るなよ、ドライドンの騎士』

肩で息をしながらブランはぼんやりと手の剣を見つめ、それから初めて、声のするほうをふりあおいだ。

「誰だ」

視界にかかる影をはらおうと瞬きを繰り返す。少しずつあたりがはっきりしてきた。

ブランがいるのは、誰かが使っていたが今は放棄されているらしい、古い小さな居室だった。特に厳しい修行を好んだ僧が起居していたのか、棺桶より多少ましな程度の広さしかなく、粗い石がむき出しの壁と床、寝台の代わりにむしろが敷かれ、奥の正面には壊れた経机《きょうづくえ》と、緑青《ろくしょう》をふいた鉦《かね》が置き去られている。

むしろは黴《かび》が生え、虫食いだらけだった。天井はブランがまっすぐ立てば頭をぶつけるほどに低い。

その天井の片隅に、小さな光が浮遊していた。先ほどは目がつぶれんばかりに強く輝

いていたと思ったが、今はせいぜい大きな蛍火《ほたるび》程度に落ち着いている。

蜂の羽音のような顫音はまだしていた。光球はゆっくりと移動しながら、薄暗い房のそこここをかすかな光で照らし出している。

「誰だ……何者だ。イェライシャ老師か。いや、そうではない……」

もう一度頭を振り、めまいを覚えてブランは目をつぶった。イェライシャはこんな声ではなかった。しかし、まったく知らない声ではないと思えるのはどういうことだろう。われら、と自分とブランのことを呼んだからには、味方であると考えるべきなのだろうが——

『われが解らぬか。まあ無理もない』

光球はゆっくりと降りてきて、ブランの顔の前に浮遊した。

親指と人差し指で丸を作ったほどの半透明な球で、よく見ると、青い光に縁取られた球体の外殻が振動しながら呼吸するように膨張と収縮を繰り返しており、その中に、どことなく生命を感じさせる赤みを帯びたもうひとつの光球があって、規則正しく脈打っている。

『おぬしがわれの肉体にいたとき、われはこのような姿であった』

とつぜん頭の中に映像が浮かびあがり、ブランは息をのんだ。

それは巨大な山羊めいた頭部に血走った一つ目を持つ、異形の生物の姿だった。魁偉《かいい》な身体には鱗と毛皮がまだらに生え、蹄《ひづめ》のついた巨大な脚は異様な形に曲がっている。狂気もあらわにむきだした牙から涎《よだれ》を垂らし、鉤爪のついた手をのばしているところは、見るもおぞましかった。

「イグ＝ソッグ」

ブランはあえぎ、またむせた。

「まさか、お前なのか。俺はお前が溶けて消えるのを見た。俺が、あの蛇人間にお前の体内から引きずり出されて、それから……」

『うむ、そうだ。われは死んだ。肉体を喪った』

うなずくかのように、光球は光を明滅させた。

『しかし命なき器物であっても年ふれば霊を宿す。われは大魔道師アグリッパに制作された人工生物であった。創造主にうち捨てられ、永の年月を過ごすうちに魔道師として生きることをおぼえ、それなりの魂を宿す域に達した。たとえ肉体は作り物であっても』

しばし光を暗くして、光球は黙りこんだ。ややあって、

『しかし宿した魂はわれが紡ぎあげたもの、わが作りし魂である。肉体の崩壊によって魂は解き放たれた。さまようわが魂を、老師イェライシャがお執《と》りになった。われに仮の宿りを与え、狂気を払い、魔力を再調整していまいちどこの世に存在することをお許

しになった。われはもとより魔力によって生まれた存在、アグリッパの与えた属性を老師イェライシャが書き換え、今のような姿となされたのだ』

少しずつ悪心は消えてきていた。ブランはまっすぐ座り直し、自分はイグ＝ソッグだと名乗る光球に、おそるおそる手をさしのべてみた。光球は馴れた鳥か蝶のように飛んできて、手のひらの上に浮遊した。わずかなぬくもりがあり、蜂の羽音のような顫音が少しはっきり聞こえた。

「では、お前は老師から遣わされてきたというのか」

『老師イェライシャはわれに、二心なくよく仕え、正しき道をそれることなく進むのならば、ふさわしい姿を与えようとお約束くだされた』

イグ＝ソッグは言った。そこにこめられた祈りにも似た強い憧憬《しょうけい》に、ブランは人外が相手と知りつつ胸が痛んだ。

思えばこの怪物は、偽ミロクの見せたまぼろしにただ、美しく健康な人間の身体の夢をだけ見ていたのであった。その夢がかなえられるかもしれぬとあれば、一も二もなくイェライシャに従うだろう。狂気が去り、正常な判断ができるようになっていればなおのことだ。

『そしてわれに、行っておぬしを助け、その身を守って任務の遂行を補佐するようお命じになった。われはすべての力をあげておぬしを守る所存である。先ほどの瞬間は実に肝を冷やした』

「冷やすような肝があるとも見えんが」

『軽口をたたく元気が出てきたのならよいことだ』

冷ややかにイグ＝ソッグは言い、ふわりと手のひらの上から舞い上がった。

『これまでのおぬしの経緯はおおよそ老師からお聞きしている。地下御堂の聖者ふたりから、見通せぬ場所について指示を与えられたようだな。老師はとにかくそこを目指してみるのがよかろうとおっしゃっていた。おぬしがせっかく老師の与えられたミロク十字を無くしてしまったので、連絡に困るとぼやいておられたぞ。あれは実に貴重な金属なので、できればとりもどしてもらいたいとの老師の伝言だ』

「相変わらず勝手なことを言うおいぼれめ」

聞こえないように呟いたはずだったが、間髪入れず足もとに小さな稲妻が降ってきて
ブランは跳びあがった。

『老師に無礼な口をきくのは許さぬぞ』

イグ＝ソッグの球体は顫音をいささか高め、怒った蜂のようにブンブン唸りながら赤みを帯びた光を発していた。

『老師とてヨナ・ハンゼとフロリーとやらいう娘を取り戻すために尽力しておられるのだ。あの方の深遠な御心を愚弄するでない、人間め。おぬしはおぬしのできることをや

っておればよいのだ、剣を振り回してな』

「ああ、わかったわかった」

せっかく手のかかる聖者二人を置いてきたと思ったら、今度は口やかましい光る元怪物の魂ときた。せめてもう少し扱いやすい道連れが現れてくれないものかと甲斐のないことを思いながら、ブランはそろそろと立ち上がり、手足を屈伸し、筋肉や腱の具合を調べた。

治癒と祓いの術をかけたとかいうのは本当らしく、気分もさっぱりとして、あちこちにできていた小さな傷もふさがり、疲れも失せている。

「イグ＝ソッグよ、――とこう言ってよいのかわからんが、お前まだ多少の魔道は使えるのなら、例の魔道師三人とっとと吹き飛ばして、ヨナ殿とフロリー殿だけ救い出すわけにはいかんのか。聞いたところによればお前も、あの三人といっしょにサイロンを襲った魔道師の一人であるのだろう。奴らと互することができたのであれば、それなりの力は持っているのだろうが」

『この姿になるとき、老師はわれのおおかたの魔道の力を取り除かれた。人となるためには不必要だとおっしゃってな』

イグ＝ソッグはむしろ誇らしげにそう言った。

『思えばわれの心得ちがいはあの魔道の力にあった。あれある故にわれはいよいよ怪物となり、そうでありたい姿からますます離れ去っていった。人でない我が身を補わんがためにつけた魔道の力ならば、人になるために捨て去るのは道理である。むろん老師のお役に立つのに十分な力は残していただいたが、いずれ生まれ変わりを迎えるときには、すっかりこのような呪わしい力も知識も取り除いていただくことになっている』

「つまり、今のところたいした力は持っておらんということだ」

『失敬な。たった今その身で味わったであろうが。無鉄砲な剣士を命の瀬戸際から救えるだけの力はあるわ』

イグ＝ソッグは怒ってぶんぶん飛び回り、ブランの鼻先で火花を散らした。

『老師もおっしゃっていたが、まことに猪武者よな。とにかく相手をたたきのめすことしか考えておらん。かつてわれがいがみあったかの魔道師どもと同じだ。実に嘆かわしい』

「猪武者でけっこうだ」

ぶっきらぼうにブランは唸り、床の上に投げ出されていた剣を慎重に拾い上げた。

「とにかく俺としては囚われたお二人を見つけだし、この胸くその悪い都市から脱出するのが一番なのだからな。ところでお前、俺はイグ＝ソッグと呼んでいるが、それでいいのか？　例の三人組は何やら別の名前を名乗っているようだが」

『あれらは〈新しきミロク〉に洗脳されて与えられた名。われがあんなものを欲しがるものか』

傲然とイグ＝ソッグは言ってのけた。

『それにこの名はかつて愚かな獣であったわれを思い出させ、克己《こっき》の精神を呼び覚ましてくれる。意にそむ名では必ずしもないが、おぬしが理解しやすいなら今後もそれでよい、猪武者。これもまたいずれ新たな姿を得るための修行と捉えればどうということもない』

「ここでも修行の小坊主がひとりか。やれやれ」

口の中でブランは呟いて首を振り、剣をさげて、つま先だって居室の出入り口に近づいた。後ろから、小指の爪ほどに小さくなった球体のイグ＝ソッグがふわりとついてきて肩にとまる。

用心しながら頭半分つきだして外の様子を見る。通路は静まりかえっており、おそらく走り回っているのであろう警護兵のざわめきも聞こえない。通路の両側にはいままでブランが入っていたのと同じような房がずらりとならんでおり、そのどれにも長年使われた形跡はなかった。どの入り口にも扉代わりにぼろぼろの麻布が下がっているが、ほとんどが朽ちて落ちるか破れて虫に食われ、惨憺《さんたん》たるありさまになっている。

「ここはだいいちどのあたりなのだ、イグ＝ソッグ」

『おぬしが目指していた〈見通せぬ場所〉とやらの近くよ。これまたあまり人の近づかぬ場所のようでな。いくつか魔道の障壁があったが、それはわれがくぐり抜けた』

イグ＝ソッグがささやき返す。一度はあの巨大で異様な肉体を共有していた相手に肩の上からささやかれるというのは妙な感覚だった。

『とはいえあの三人――タミヤ、ルールバ、エイラハにしても、三人を使役しておる大導師とやらにしても、おぬしの目的はおおよそ見当をつけておるだろうし、ことにあの大導師とやら、あれは、侮《あなど》れぬ。この地にめぐる竜王の異界の魔道の要は、あの蛇人間なのだ。おそらく今ごろは、何が起こったかおおよそのところを察し、動き出しているに相違ない』

タミヤ、ルールバ、エイラハと聞き慣れない名前を並べられて面食らったが、イグ＝ソッグにとってはサイロンで争ったときの名前がいまだに彼らの名前なのだろうと悟った。つまりは例のミロクの魔道師のことだ。

「額に石の目をはめ込んだ男が、ルー・バーを始末したなとかなんとか俺に言っていた」

『ルールバだな』

思案するようにイグ＝ソッグは応じた。

ブランは人影のないのをよく確認してからゆっくりと通路に足を踏み出した。ぼろぼろになった胴着の代わりに、ないよりましだと手近な部屋の入り口の麻布を引きむしり、まだ使えそうな部分を手足と胴にぐるぐると巻きつける。

『今はベイラーと名乗っていたはずだ。あれの中でおぬしも聞いたろう。あれはたちの悪い男だ。そんなことを言えば三人ともどもだが』

「ルー・バーは、あのベイラーとかいう男がヨナ博士を監禁しているとか言っていたな」

記憶をたどれば、イグ＝ソッグの肉体に収まっていたとき、あの三人が捕虜のことに関して争っていたのも見ている。どうやらタミヤことジャミーラが手に入れたヨナを、ルールバことベイラーが横からさらって手のうちにし、エイラハことイラーグは、スーティを狙ったところフロリーしか手に入れることができずに悔しがっていたようだ。

『あれらは〈新しきミロク〉に以前の自分を塗り消されたあとでも互いの確執をひきずっておる。外部にはもちろん、あとの二人の手に捕虜を奪われることにはきわめて神経質になっていよう。ルールバがかけた術を破ったな、おぬし』

「俺ではない。俺といっしょにいた坊さん二人だ」

ブランは顔をしかめた。あの哀れなルー・バーを解放してやったことに関しては悔いはないが、あの部屋人間、あるいは人間部屋を破壊したことが、〈新しきミロク〉全体に警報を発する結果になったというのであれば、やはりいささか面倒だ。つくづくあの浮き世離れしたありがたい聖人たちが恨まれる。

『それにしてもとどめをさしたのはおぬしであろうが。……よい、どれだけ用心したところで、いずれ誰かに気づかれてはいたろうよ。気づかれていたほうがかえって動きやすい場合もある。ルールバとエイラハは何をおいてもそれぞれの囚人のもとへ飛んでいったであろうよ。あわてたあまり、魔力の臭跡を消すのすら忘れている可能性もある。われらはそれを見つけ、追いかければよいのだ』

「ずいぶん簡単そうに言うではないか」

『意気消沈するようなことを言われてもうれしくあるまい。行くぞ、剣士よ。ひとまずは手近なところからはじめよう。魔道の感知はわれに任せよ。おぬしはその剣をしっかり持って、振るわねばならぬ場合には迷わず振るう用意をしているがよい』

4

カン・レイゼンモンロン、あるいは今ひとからはその名で呼ばれている異界の生き物は、ひとり居室に座って怒りを発散させていた。

怒りという名で呼ぶのもまた違っているかもしれない。この生き物は長年ヤガに潜入し、人間のあいだに巧妙にまぎれこんで平和的なミロクの教えを徐々に攻撃的な、独善と悪徳に充ちたものに変える作業に従事していたため、かなり人くさくなってはいた――より正確に言うならば、人間に擬態することに習熟していた。

本質的には彼はまったく異質な異界存在であり、その意識活動も人間のものとは似ても似つかなかった。しかしどのような存在であれ、個の生命というべきものを持っているものにとっては、絶対的に普遍の感情がある――恐怖だ。それは存在の停止と消滅を、あるいは果てしなく続く苦痛と死を望んでも許されることのない業罰を意味する。

彼の主であるキタイの竜王の意識は、いまだにこの執務室に強烈な反響として残っていた。ミロクに対する大切な祈禱《きとう》を行うという名目で、人間である部下はすべて遠ざけられていたが、もし一人でもこの近くに残っていたならたちまち発狂し、穴という穴から血を吹き出して死んでいたろう。

遠いキタイのシーアン――新たなキタイの都にして、竜王ヤンダル・ゾッグがこの次元において地歩を築くための重要な足がかり――から送られてきた思念は、偉大なる主からしてみれば計画の遅れへのほんのやんわりとした叱責ていどであったのだろうが、それはしもべたるカン・レイゼンモンロン（実際の名はとうてい人の口には発音できないものであるので、そう呼びつづけるほかはないのだが）にとっては、その場で存在を吹き消されるに等しいすさまじい思念の暴風だった。

恐怖を怒りとして発散することを覚えたのも人に擬態したことの一種の副作用だった。カン・レイゼンモンロンは手駒として扱う人間の魔道師三名を呼び出し、ありとあらゆる恐怖を、憤怒の嵐に変えて彼らの頭上にぶちまけた。さらにミロクの騎士として雇った傭兵や、ようやく使い物になってきたミロク教徒の兵士たちを総動員し、せっかく上手く運びかけていた物事の歯車にはさまった砂粒を取り除けと、号令叱咤した。

いま人間どもは彼の命令を果たさんとかけずり回っているはずだ。神殿内に張りめぐらされた感知の魔道がそれらの動きのいちいちを伝えてくるが、満足のいく結果はあがっていない。

あの不細工な人造生物の肉体にもぐりこんで侵入を果たした間者《かんじゃ》は、どうしたものか地下牢から抜け出し、そのまま姿をくらましてしまった。

そして再び現れて、容易には見いだすことすらできぬ罪人を殺してのけ、神殿下層に出没して腑抜けの傭兵たちをなぎ倒し、ようやく三魔道師が捕えかけたかと思えば、今度は正体のわからぬ謎の光に飲み込まれて、また姿を隠してしまったという。

不首尾を報告にきた三魔道師さえ呆然としていた。なんらかの魔道師の後ろ盾があるに違いない、と口々に言い立てたが、一喝して黙らせた。そんなことは言われなくてもわかっているのだ。一介の間諜ごときが狂った人造生物の肉体をわがものとして動いたり、異界の魔道に対抗することのできる秘密の金属などを手に入れられるはずがない。

カン・レイゼンモンロンはいらいらと机を叩きながら、机の正面に浮かぶ分厚い水晶の板に封じ込められたミロク十字を見た。例の男が首からさげていたものである。それは氷のような棺の中でも内側から霊妙な光をあふれさせ、棺を虹色に輝かせながら、人の耳には届かぬものの、妙なる声で何かを歌い続けていた。

カン・レイゼンモンロンは身震いした。人にとっては快《こころよ》い、あるいはごく無害なものであっても、異界の存在にとってはこのミロク十字を構成する物質の音と光は不快の一語につきる。今は魔道で編み出した水晶の塊によって力を減じられているが、じかに触れれば肌が焼け、せっかく身につけなおした人の仮面はまたはがれ落ちるだろう。

例の男のために顔を焼かれ、鱗の生えた素顔をさらす羽目になったことを考えると屈辱に身がうち震えた。この屈辱という感情もまた人に擬態することで習いおぼえたものだった。そしてまた、これまでほとんど感じたことのないものだった。以前に感じたことは、――

――そう、あの時だ。ヤモイ・シンとかいう名の、高名な僧を籠絡《ろうらく》しようと出向いた時。

そのころにはかなりミロク教の浸食も進み、多くの僧たちがカン・レイゼンモンロンのぶらさげる名誉に、野心に、金に、色欲に、あまりにも簡単に陥落していった。行いすましていてもやはり人は人、人間存在の精神の闇を知悉《ちしつ》するヤンダル・ゾッグの甘言に、次々と僧たちは堕落とも気づかず堕落の淵に堕ちていった。

少々がんこな相手にはちょっとした催眠や誘導を使うこともあったが、おおむね楽な仕事ではあった。古きミロクを〈新しきミロク〉なる、もっと時代に即した教えに変え、いまだ争いの絶えぬ中原に広く知らしめるのだというあまやかな囁きは、疑うことを知らぬ純朴なミロク教徒たちにとっては、羊の群れを先導する牧羊犬の吠え声にも似ていた。牧羊犬が犬でなく、狼ですらなく、なにかもっと邪悪な影であるということに気づくものは、一人としてなかった。

ヤモイ・シンといえば、ヤガ最高の聖僧との呼び声も高く、歩くだけでその足あとを伏し拝むものが列を作り、経文をあげる声に鳥や蝶が寄り集い、祈禱に使った線香の灰を一粒飲み下すだけで万病が治るという高僧として多数の崇敬を集めていた。

そのような高僧を抱き込むことができれば、〈新しきミロク〉の影響力を強めるのにまたさらなる力を加えることができよう。なに、聖僧といえどいずれ人間、それまで多くの高僧を堕落に引きずり込んできたカン・レイゼンモンロンは、また甘言と、いささかの魔道で後押ししてやれば、それですむものとばかり考えていたのだ。

ヤモイ・シンは当時、ヤガの中心地にいくつか建てられはじめていた集合礼拝所に身をおいていた。後年、現在のミロク大神殿の前身となる建物のひとつだったが、その中でも特に簡素な、藁布団《わらぶとん》と昼夜の勤行《ごんぎょう》のための道具しかない一室に、老僧は足を組んで座っていた。

あの日のことを思い出すと、カン・レイゼンモンロンの頭はずきずきと脈打った。主たるヤンダル・ゾッグの不興をかったときとはまた違う、異様に落ち着かない、恐怖といえば言えぬこともない感覚がはっきりと記憶に刻まれている。人であればそれを、畏怖と呼んだかもしれない。

『やれやれ、何を言いにきたかと思うたら』

カン・レイゼンモンロンが聖僧の前に平伏し、これまで多くの僧たちに耳を傾けさせてきた口上を並べたのを、一言の口をはさむこともなく聞き終えると、ヤモイ・シンは深い息をついて渋面を作り、首を振った。

『わしはの、面倒なことは嫌いよ。人に拝まれるのも嫌い、聖僧とやら言われるのもはなはだ迷惑、自ら覚るべきミロクの教えをわざわざ人に説くなどというのもできれば遠慮したいのだ。それを大導師などと、面倒くさいにもほどがある。まっぴらごめん、と言うべきであるな』

カン・レイゼンモンロンは慌てた。それまで、このように心底迷惑そうな顔をする相手には出会ったことがなかったのだ。

どのような高僧であろうと、心の底に多少の虚栄心や欲望、羨望、知識への欲求、他人との競争心など、つくべき弱点は探せばいくつも見つけられた。ところが、このヤモイ・シンという、福々しい顔をした老僧の心には、まさに一点の曇りもなかった。

懸命に思念の手を伸ばし、心をさぐり、催眠あるいは魔道を忍び込ませるべき隙を探そうとしたが、まったく歯が立たない。完全に無防備、ありのままであるのに、爪先一本かけることができないのだ。

平伏したまま、カン・レイゼンモンロンは人間ならば冷汗に相当するものがどっと吹き出るのを感じた。汗をかく機能はなかったのであくまで比喩的なものにすぎないが、もし人間であれば、その場において自分の流した冷汗脂汗の池に座り込んだまま、震えおののくことになったろう。藁を編んだ円座に座し、部屋と同じく簡素な僧衣と飾りのない祈り紐を手首にかけた姿はいくらでもいるミロクの僧たちとなんら変わらなかったが、こちらを見据える澄み切った瞳は、カン・レイゼンモンロンの異形の心をさえ何かはげしく震撼させる光を宿していた。

『それにおぬし、人ではなかろう』

ひれ伏したまま喘《あえ》ぐことしかできないカン・レイゼンモンロンに向かって、ヤモイ・シンは笑みさえ含んでそう告げた。ごくあっさりと、しごく当然のことでも言うように。

『人の皮をかぶって何をするつもりか知らぬが、ミロクはすべてをお見通しである。われらミロクの徒、ミロクの御心のままに生き、ミロクの御心のままに死ぬ。おぬしがまことミロクの意にかなう者であればいずれまた語る折りもあろうが、少なくとも、わしはいつわりの顔をつけ、心にもなき甘言を並べる者の相手になろうとは思わんでな』

逃げるようにヤモイ・シンのもとを去ったときの燃えるような感覚は、血の代わりに冷たい漿液《しょうえき》の一種が流れるこの生物にとっては前代未聞のものだった。長い間考えるにつけ、彼はこれを屈辱と分類するに至ったのだが、その奥には、彼自身認めたくはない、これまで経験したことのない根深い恐怖が隠れていた。

でなければあれほど奇妙なまねをするはずがなかった。彼は聖僧の質素な食事に薬を盛り、眠っているところをはるか昔に閉じられた地下深くの骨の山の中に押し込めたのである。

薬を盛るならあっさりと毒を盛ればよかった。痕跡も、疑いも残さず、殺す方法なら彼は知悉していた。老いた僧である。ある日寝たまま息を引き取っていても誰ひとり怪しむ者はなかったろう。

それをせず、ただ眠らせて骨の御堂に押し込めたことには、老いた聖僧の小児のような瞳の奥の、澄みきった光へのはげしい恐怖があった。彼はただやみくもにそれから逃れたいと思い、かといってそれを永久に閉ざしてしまう勇気すら持てずに、ただ地面の奥深くに埋めてしまうことで、目の前から追い払おうとしたのである。

おかげで聖なる老僧の突然の失踪はさまざまに取りざたされ、収拾に手がかかることとなった。そのころには大導師として教団の中枢に入り込んでいた彼は、地の底に眠る老僧の存在をうずく心臓のように感じながら、四方へ目的を達することはないとわかっている探索者を出し、あちこちに僧の行方をたずねさせた。

その全員がから手で帰ってきたときも、そうであるとは理解しているはずなのに、何故か安堵せずにはおられなかった。老僧はいまごろ地の底で飢えと渇きのまま干からびているはずであるといくら言い聞かせてみても、何故かあの僧は煙のようにそこから抜け出て、あのおっとりとした微笑を浮かべて飄然《ひょうぜん》と目の前に現れるのではないかという想像が、どうしても脳裏から離れなかったのである。

その後、ヤモイ・シンに並んで徳高いと称えられるソラ・ウィンなる僧が、ミロクのために自ら地下に下り、骨の御堂で祈りつづける決意を発表したときも、彼は恐怖した。

すでにヤモイ・シンを地下に埋めてから十年は経過しており、人間の生理として生きていられるはずがないとは理解していても、行き先にわざわざ骨の御堂を選ばれたことで、自分のしでかしたことが見抜かれているような気がしたのである。

すでに大導師として教団に地歩を固め、自らの操り人形を十分なだけ手に入れていたカン・レイゼンモンロンは、ソラ・ウィンには最初から近づくことを放棄していた。ヤモイ・シンと接触したあの時のことがまた繰り返されるのではないかと恐れていたのである。それもまた、長い自己省察を経てから気づいたのだったが。

ともあれ、ソラ・ウィンが弟子たちの輿《こし》にのって地下へと運ばれ、ヤモイ・シンがどこかでその一部になっているはずの骨の御堂へと下ろされた時、カン・レイゼンモンロンが感じたのは大きな安堵だった。

これで二人の聖僧は永遠に地下の死体置き場に封じ込められ、出てくることはない。もはや彼と、彼の主人の意図を見抜くものはいない。中原に手を広げ、さまざまな策謀を繰り広げるキタイの竜王が、平和なミロク教を狂信的な戦闘教団に変える作業を進めていることを、暴く人間など誰もいるはずがない。

そう思っていたのだった。あの怪しい間諜が現れるまでは。

カン・レイゼンモンロンは音を立てて立ち上がった。長い衣が波打ってさらさらと鳴り、つややかな絹の表面に鱗のようなさざ波が走った。

机を離れながら指を振り、目ざわりなミロク十字を封じた水晶に影の覆いをかけて消す。部屋のある一隅まで大股にゆき、一見なんの変哲もない壁面に向かって、擦過音と歯擦音の複雑な組み合わせからなる、彼らの種族の異様な言語で一連の呪文を唱えた。

壁は寒天でできたもののように震え、ゆらいで、ぼんやりと暗く翳《かげ》った。翳は凝集し、そこにちょうど彼ひとりが通れるほどのゆらぎ蠢《うごめ》く影の通路をかたちづくった。

通路をくぐるとき、彼の目は人間の偽装を忘れ、爛々と燃える爬虫類の瞳孔をあらわにしていた。紫と緑色に彩られた目をせわしなく周囲に向けると、頭を低くして通路に滑り込む。入ると同時に通路は揺らいでふっと入り口を消した。彼はほぼ目印も明かりもない暗黒の中を、異生物ならではの本能に従ってするすると下っていった。

ブランが苦労して下り、またあがってくることになった長い距離も、秘密の魔道にたけた異界の生き物にとってはほんの敷居をまたぎこえる程度のものにすぎない。それにしても、不安――まことに人くさく、擬態が身につきすぎた結果から学習することになった、やっかいな精神活動のひとつだ――にかられて闇を下るあいだ、カン・レイゼンモンロンはこれまでヤガでなしてきた所行について考えをめぐらさずにはおれなかった。

恒久平和を唱えるミロク教徒たちにとって、ミロクの教えこそ絶対平和のもといであるという考えは基本的なものである。カン・レイゼンモンロンとしてはそれをもう一歩押し進め、間違った信仰に溺れて争いを繰り返す中原全体にミロクの地上天国を建設し、ミロクその人が統治する、争いなき千年王国をひらくべきだと主張するだけでよかった。ヤロールというあの子供を手に入れられたのも都合がよかった。すでに多少のミロクの教えを身につけてからヤガへと修行にやってくる多くの少年僧たちと違って、ヤロールには学もなく、思考力もなく、ただ飢えて怯えて、その内面はほぼ空洞のまま放置されていた。

空洞の中身に〈新しきミロク〉の教えを詰め込み、〈超越大師〉なる大層な名を与えてやるだけで、ほとんど形成されていなかった彼の精神はあっというまにカン・レイゼンモンロンの思い通りに形作られた。生まれてこの方居場所もなく、ろくに名前すら呼ばれないままきたヤロールは、〈超越大師〉という役になりきることで、ようやく自分自身を見つけたと感じたのだ。

たとえ他人から与えられたものであろうと、もとから空洞でしかなかった彼の内面はそれによって埋められ、カン・レイゼンモンロンの吹き込む言葉と〈新しきミロク〉への狂信であふれんばかりになった。

ヤモイ・シンとソラ・ウィンという邪魔物が消えたおかげで、カン・レイゼンモンロンの支配は完璧になったかに思えた。お前はミロクの代理人であり、唯一ミロクと対面できる人間だと教え込まれたヤロールはすっかりその気になり、催眠術をかける必要もなく、自分の妄想を信じ込んでミロクその人の姿を見たと信じた。

すっかり欲望に溺れ、言うがままにどんなことでもなすようになったミロクの僧たちから特に操りやすい者を五人撰んだ。ひそかに傭兵を雇い入れ、訓練した。〈超越大師〉を頂点に、〈五大師〉、そして〈ミロクの騎士《かし》〉。三人の〈ミロクのみ使い〉。

サイロンで捕獲された魔道師どもは竜王から下賜されたものだった。異界の力によって以前の彼らから巧妙にゆがめられ、〈新しきミロク〉の走狗と化していた。竜王が執着する、あのケイロニアの豹頭王に手を出そうとした愚か者に対する竜王なりの罰、あるいは皮肉であったのかもしれない。この地において竜王と名乗る主《あるじ》は、しもべたる血の冷たい彼らの種族にとってもあまりに異質であり、人間が異質である以上に、蛇人間たちにとっても理解しがたい超越的な存在であった。

戦闘集団としてのミロク教団をさらに強力にし、折りよくもヤガから逃亡しようとしていたパロのヨナ・ハンゼと、便利な手駒として利用できるはずのゴーラのイシュトヴァーンの隠し子、その二つを手にするために魔道師どもを放ったとき、すべてはうまくいっているとカン・レイゼンモンロンは信じていたのだ。

邪魔者は消え、新たな手駒は（多少の手違いはあったとはいえ）首尾良くヨナ・ハンゼを捕捉した。いまだに〈新しきミロク〉への改宗には抵抗しているとのことではあったが、いざとなれば、手段はいくらでもあると考えていた。

すでにヤガはほぼ〈新しきミロク〉のものとなり、入ってきた者はすべて〈新しきミロク〉の人形となるか、死体となるかしか道はない。ヨナ・ハンゼや、間違えて捕らえられたあのなんとやらいう女といっしょにいたという、戦士集団も全滅したと聞く。

残るはイシュトヴァーン王の息子だが、ほんの三歳ほどの子供が、いつまでも逃げ隠れできるものでもあるまい。腹を空かせ、母を求めて近辺をさまよっているところを見つければ、あとはたやすい。

熟れた実が転がり落ちるように手の内にし、ヤロールと同様、無垢な頭の中に〈新しきミロク〉の教理を詰め込んで、パロに対するヨナ・ハンゼと同じく、人の形をした病原菌として、中原に放ってやるのだ。いずれ、平和の旗をかかげた狂信者の集団が、絶対平和の鬨《とき》の声をあげながら野火のごとく中原に燃え広がるさまを思い浮かべると、会心の思いが人の皮の下の蛇の顔を笑いの形にゆがませたものだった。

だが、彼は、カン・レイゼンモンロンを名乗る生き物は、おびえていた。もはや自分でも認めずにはいられないほどおびえ、不安にかられていた。これまで自分がうまくいっていたと考えていたのは、すべて砂上の楼閣であったのではないかという気がしていた。

目の前が明るくなった。ほのかな青い光の中にカン・レイゼンモンロンは踏み出していた。

燐の炎がそこここで音もなく冴え冴えと揺らめき、無数の骸骨がうつろな眼窩で壁から見下ろしていた。左右の壁はありとあらゆる種類の人骨で飾られ、羽目板の代わりに大腿骨と上腕骨が交互に連なり、屋根の穹隆《きゅうりゅう》には肋骨と背骨が手の込んだ装飾をつけている。ヤガの地下深く、聖なる〈骨の御堂〉は、遠い過去から連綿と紡がれてきた沈黙のなかにあった。

　カン・レイゼンモンロンは荒々しく中に踏み込んだ。足の下で骨が砕け、白い粉がぱっと舞うのもかまわなかった。顎を突きだし、滑る蛇のように進む顔は、怒りと恐怖のあまり人間の仮面を忘れ、爬虫類の表情がむきだしになっていた。貼りついた人の皮は怒った蛇の顔をすぐ裏に持っているだけにいっそう不気味に無表情にこわばり、今にも裂けそうに薄く引き延ばされていた。むきだした歯は尖り、ちろちろとのぞく舌は細く、シューッという呼吸音が古代の静寂を冷たく裂いた。

　いくつもの通廊と壁龕《へきがん》の中の木乃伊や白骨を通り過ぎ、やがて天井から骨の大燭台がつり下がる広間へたどりついて、カン・レイゼンモンロンは息をのんだ。驚愕のあまり舌をかみ、紫色をおびた青い血がしたたり落ちて、床でジュッと音を立てた。

　目の前には骨を組み上げてできた高い祭壇があった。周囲のものと同様、さまざまな人骨を駆使して作り上げられたその祭壇の頂上には、この壇の栄光をいや増すものとして、一体の骸骨――もしくは木乃伊、少なくとも人間の死体が――なければならないはずだった。

だがそこには誰もいなかった。

誰かが長い間そこに腰をすえていたらしい形跡はあったが、あって当然の骨や肉のかけらや朽ちた僧衣などはまったく見あたらず、なにかの拍子に下へ落ちた様子もない。

カン・レイゼンモンロンは——ここでは見ているものもないとて人間の擬態を捨て、首を背丈と同じほど長々とのばして祭壇の上を覗いていたのだが——あわてたあまり、長く延びた首を振り回して骨の燭台にぶつけ、降ってきた骨片に対してシューシューと呪いの声をあげた。

そんなはずはない。あの頑固な老僧、ソラ・ウィンが輿に乗ってここまで運ばれ、この祭壇にのぼるところを、自分は確かに見たのだ。

合掌し、朗々と経文を誦するソラ・ウィンを残して御堂を出たあと、聖者の平穏を乱してはならぬとの名目で、御堂の入り口はかたく封印された。もしあの僧が途中で気が変わって脱出しようとしたとしても、けっして出ることはできぬはずだ。

蛇の敏捷《びんしょう》さをいかんなく発揮して、カン・レイゼンモンロンはあたり一帯の寝棚や壁龕を狂気のように覗いてまわった。二十年前、赤子のように眠るヤモイ・シンを横たえ、逃げるようにあとにした場所もくまなく探してみたが、そこもやはり空だった。ここもまた長い間誰かが横たわっていた形跡はあったが、あってしかるべき人間の死の痕跡はまったくない。

見つかるのはまったく縁もゆかりもない、はるか昔に死んだ人間のもろくなった骨や乾いた肉の堆積《たいせき》ばかり――骨ばかりでは誰が誰やら見分けもつかないが、ここに残っている骨が、ほんの十年や二十年ほどしか経過していないものかどうかはわかる。残っているのは少なくとも百年は経過した古い骨ばかりで、ここで飢え死に、あるいは経を唱えつつの死をとげた、十年や二十年前の新しい骨などかけらも見あたらない。

ついに万策尽き、途方に暮れて、カン・レイゼンモンロンは立ち尽くした。先ほど浴びせられた、シーアンからの竜王の恐怖の思念が新たにのしかかってきた。おそろしい破局が忍び寄っているのを肌身に感じた。ただの一片の不興によってこの身を吹き飛ばすこともできるあの理解しがたい主が、この失態を知ったらどのような態度に出るだろう。

完全に人間を擬態することを忘れて、カン・レイゼンモンロンはすさまじく複雑な彼の種族の言語でわめき、種族の独特の身ぶりで恐怖に震えた。まだ人間の皮はかぶっていたが、首と同様、両腕は長く延び、関節はなくなってそれ自体が一匹の蛇のようにそれぞれのたうった。ひょろ長い指が皮を引き裂いて突き出ていた。とがった爪が指の先端を貫き、あちこちで弾けた人の皮が、ぼろのように垂れ下がった。口は耳まで裂け、紫と緑の目は針のような瞳孔をぎょろぎょろと動かしていた。

足が関節を失い、カン・レイゼンモンロンを名乗る異界の生き物は、床面に倒れてのたうち回り、彼の種族の言葉で泣くとも呪うともつかぬ叫び声をあげた。ところどころに人の皮をぶらさげ、絹の服とミロク十字をかろうじて胴体にひっかけただけのこの鱗ある生き物を、この地を聖地と定めた古き人々の空洞の目が、黙して見下ろしていた。

「どうした?」先を進むイグ＝ソッグの光球が一瞬とまった。背後を気づかっていたブランはぎょっとして呼びかけた。「なにかあったのか」

『いや、なにも』

その言葉のとおり、イグ＝ソッグはまたゆるゆると前進しはじめた。

ブランは息をついて剣を握りなおし——どうもこの大きな蛍みたいなものをあの山羊頭の怪物と同一視するのには違和感がつきまとうが、馴れるほかはあるまい——光がわずかに照らす行く手の薄闇をすかし見た。

「〈見通せぬ場所〉とやらはまだなのか。そもそもおまえ、もとは〈新しきミロク〉に使われていたのだろう。奴らの魔道を見透かす力はないのか」

『われがこの姿になったとき、よけいな力は捨てたと言ったであろうが。いずれにせよ、われを獣扱いし、狂気の淵に追い込んだけがらわしい邪教のものなど、身につけていたいものか』

不機嫌にイグ＝ソッグは言い返した。

『せめて姿隠しの力など使ってもらえているだけありがたいと思っておれ。聞け、壁のむこうではまだ、必死におぬしを探して兵士どもが駆け回っておるわ』

確かに耳をすますと、厚い石壁のむこうから、甲冑のぶつかり合う音やいらだたしげに命令を下す声が響いてくる。どうやら先ほど通路でぶつかった小隊程度の規模ではない数が動員されているようだ。さすがのブランも、あれだけの手勢に取り囲まれては多勢に無勢となるしかあるまい。

『〈見通せぬ場所〉とやらについては、すでにおぬしはそこに入っておる。この通路自体が竜王の異界の魔道によって目隠しされておるのだ。ミロクの聖僧に教えられたという大神殿の見取り図と比べてみよ。このような通路など載ってはいるまい』

考えてみると確かにそうだった。あの狭い房が並ぶ通路を出て、光球に先導されるまま複雑な経路を進み、とある一隅に巧妙に隠された扉をくぐったところで、ヤモイ・シンが伝えた見取り図は役に立たなくなっていた。かの老僧の観自在なる千里眼の力で見通された大神殿の図から、ブランたち自体が姿を消している。

『つまりもうじき目的地につくということだ。何がそこにおるかはわからんがな。せいぜいヨナ・ハンゼか、でなければフロリーなる女がいることを祈っておれ。もっとも最初にさぐりあてた場所で、当たりを引いたなら幸甚《こうじん》と言うべきであるが』

「俺をおどかすつもりか、ちびすけめが」

イグ=ソッグは、頭があれば振り返ってじろりと刺すような目でにらみつけるに相当するような挙動でその場でしばらく停止して回転していたが、相手にしないことに決めたらしく、黙ってそのまま前進した。

　ブランたちが進んでいるのはきわめて狭く、暗い壁裏の通路だった。幅は狭すぎてブランが肩をこするほど、これ以上狭ければつっかえて進むことすらできなくなるぎりぎりのところだ。

　明かりはなく、ヤガではどこでもついてくる香の香りがむっとするほどこもっている。頭上に浮かんでいるイグ゠ソッグが放つかぼそい光が唯一の頼りだ。

　ブランは鼻をひくつかせた。鼻をさすきつい香のなかに、なにか異質な臭いが混じっている。どうも気に入らない。黴と埃の臭いも、この地下神殿を探りまわるうちにすっかりおなじみになってしまったが、これはどうやらそれとも別だ。

　できるだけ肩をちぢめてこすらないように注意しながら進む。イグ゠ソッグが照らし出す狭い範囲の壁面に、なにやら茶色いものがへばりついているのがちらりと目に入った。

「おい」ブランは声をかけた。

「壁になにかついているぞ。血か、あるいは何かほかのものか」

　しかしイグ゠ソッグはブランを相手にしないことに決めたらしく、何も言わずにどんどん先へ飛んでいってしまう。ブランは舌打ちし、もう少しまっとうな助け手を送ってくれないイェライシャに無言の非難を投げつけ、急ぎ足に導きの光に追いついた。

心配することはなかった。やがて壁の汚れは増え、ほとんど一面を覆い尽くすほどになり、床までもべっとりと汚すようになってきたからだ。

「なんだこれは」

ぼろの麻布で巻いた足をあげてブランは呟いた。「泥か」

古い血のように見えていた茶色いものは、べとつく泥の堆積だった。泥まみれの何かがむりやりここを押し通ったかのように、大量の泥としおれた植物らしきものがいたるところになすりつけられ、真夏の沼地のような強烈な臭気を放っている。しみついた香の香りもはだしで逃げ出す猛烈な悪臭に、ブランは思わず鼻を覆った。

『この臭い。覚えがあるぞ』

ずっと黙っていたイグ＝ソッグがぼそりと呟いた。

『どうやら以前の顔見知りらしい。〈新しきミロク〉に囚われておるとは老師からお聞きしたが』

両脇を圧迫する壁が突然終わった。豆鉄砲からはじき出された豆よろしくブランは広い場所に飛び出し、勢いあまってよろめいて、なにやら堆肥の山めいた悪臭を放つ泥だまりに頭からつっこみそうになった。

堆肥？

『ややあ、ここにいたか、ババヤガ』

イグ＝ソッグは朗々と声をあげて呼びかけた。ブランは鼻の曲がりそうな悪臭に息をつまらせながら、本能的に剣をあげた。

前方の暗い窖《あなぐら》めいた空間に、草と堆肥の山としか思えない巨大な何者かが蠢いている。言葉にならないうめき声が轟き、天井からこびりついた泥の破片がばらばら降ってきた。

『また会えて嬉しいとは言わぬよ。だがおぬしもわれ同様、あのいまいましい邪教の徒どもにひどい目にあわされておると見えるな』

堆肥の山がゆっくりと動いてこちらを向く。

体高はおそらく、うずくまって背を曲げている今でさえ、ブランの二倍はかるくあろう。その巨体を垂れ下がったおびただしい植物の蔓や葉が覆い、もつれた髪なのかそれとも体毛なのかなんなのかわからない汚穢《おわい》まみれの全身が、床に汚い泥の筋をつけながらのろのろと動く。

気がつくと、ブランはそのどこが顔とも体ともわからぬ堆肥の怪物と向き合っていた。汚れはてた髪もしくは体毛と蔦《つた》のはるか奥から、狂気に赤く燃える目が、こちらを捉えたのがわかった。

第二話　刻印

1

女聖騎士伯は慎重に足を踏み出した。

踊るように影が動く。つま先で優雅に旋回し、リギアは細剣を突き出した。想像上の敵手の動きにあわせ、突き、薙ぎ、払い、受け、流す。ひとつひとつの動作を確かめるように眉根を寄せ、唇はかみしめられ、細い顎はぐっと引きつけられている。大きな瞳は熱をおびてきらきらと輝き、午後の陽光のもとで二つの宝玉のように見えた。

跳ねるように輪を描いて回っていくリギアを二人の人物が眺めていた。ヴァレリウスとブロンである。ヴァレリウスはいつもの黒衣に身を包み、憂鬱そうに肘をついた手に頭をあずけていた。ブロンは歩哨任務を終えたばかりで、鎧姿のまま、パロの聖騎士伯の優雅な動きを愉快そうに見守っている。

気持ちのいい午後で、ワルド城もまた平和な静けさの中にあった。昼間のあわただしさが過ぎてしまい、城全体が午睡のまどろみにいるような穏やかな雰囲気にくるまれていた。その中でリギアひとりが鋭い息を吐き、白い額にうっすらと汗をかいて、剣を手にしていた。

女騎士のなびく衣の裾がそばをかすめていき、植込から、露をすすっていた小さな羽虫があわてて飛び立った。遠くで牛の鳴く声と扉が開く音がしばらく続き、やがてまた静かになった。リギアの動きは一瞬も止まることがなかった。

もう一度横に飛び、払い、突き、突き、そして最後に深々と空を突き刺す。その場にいた仮想の敵は心臓をまともに貫かれ、地に伏した。

リギアは勝利を確かめるかのように、そこにはいない敵をすかし見ていたが、やがて満足したのかそろそろと剣を引き、胸の前に立てて、深い息をついた。

ゆったりとした拍手の音に振り返る。回廊の柱にもたれたブロンが、白い歯を見せて楽しげに手を叩いていた。

「お見事です、リギア聖騎士伯」

ブロンは柱から離れ、足もとに置かれていた盆をとってリギアのそばへやってきた。盆には雪室《ゆきむろ》から持ってきた氷で冷やした酸味をつけた水と、同じく雪で冷たく冷やした布が載っていた。

侍従よろしくブロンが捧げ持つ盆からリギアは自分で水を注いで飲み干した。ブロンは微笑しながら冷たい布を渡し、リギアが額と首筋をぬぐうのを好ましそうに眺めた。

「少しも腕は鈍っておられない。さすがは古きパロの流儀、われわれケイロニア騎士の無骨な剣戟とは比べものにならぬ美しさです」

「お世辞はけっこうよ」

リギアは顔をしかめてみせ、布を首の後ろに押し当てて心地よさそうにため息をついた。

「いくらなんでも一か月近くも寝てばかりいたんだもの、なまってるのは自分でわかるわ。しばらくは鍛え直しが必要ね。あなた、相手してくださる、ブロン殿？」

「私でよければいくらでも、聖騎士伯」

大仰に胸に手を当ててブロンは一礼した。からかわれているのかどうか図るようにリギアはしばらく顔をしかめてブロンを見ていたが、やがて声を立てて笑い出した。

「まああたしったら、仮にもワルド城一の騎士に従士のまねごとをさせてちゃいけないわね。いらっしゃいな、ブロン殿。聖騎士伯の休憩におつきあいいただけるかしら」

「喜んで」

二人は連れだって回廊の方へ戻っていった。ヴァレリウスは相変わらず浮かない顔で、重そうに頭を肘の上に傾けている。

リギアが段に躓《つまず》いてわずかにふらついたのを、ブロンがさりげなく受け止めた。かすかに上体をふらつかせながら上がってくるのを支え、盆のそばにいっしょに置かれていたクッションを、すばやく敷いてやる。

一礼してその上に投げ出すように腰を下ろしたリギアは、もう一杯冷たい水を注いで飲みながら、横目でヴァレリウスの様子をうかがった。

「何か心配事でもあるの、ヴァレリウス？」

「宰相殿はいつでも何かご心配なさっておいでですよ」

ブロンは自分もくつろいで足をのばし、足首を曲げのばししている。

「おおかた、グイン陛下からの使いがいつ来るかどうかでも気になさっておられるのでしょう。私たちにお話しいただけない以上、どうすることもできませんがね」

「私はいつも、こういう顔でございますが」

ヴァレリウスは唸るように言った。

「心配事が多くあるのは確かです。しかし、リギア殿の回復具合を見せていただけて感謝いたしておりますよ。筋のつっぱるような感じや、痛みや、何か不具合を感じるようなところはございませんか」

「特にないわ。技術全体をとりもどさなくっちゃっていうこと以外はね」

きっぱりとリギアは言った。そこには少なからぬ非難もこもっていた。今朝までリギアに床を離れることを許さず、あくまで室内での軽い運動に限定し、練習用の木剣すらかたくなに持たせようとしなかったヴァレリウスには、かなり苛立たせられていたのである。

「それはよかった」

特に意に介さず、ヴァレリウスはうなずいた。

「よろしいですか、それでもまだ無理をなさってはいけませんよ。そら、息があがっていらっしゃる。ご自分でも体力の落ちていることはおわかりでしょう。すぐにもとのように動けるわけではないとご自覚ください。一気に治ろうとしてはいけません。時間をかけて、少しずつ、力をおつけにならなければ」

リギアはふんと鼻を鳴らして横を向き、水を飲み干した。ブロンは微笑してその白い横顔を見つめ、ヴァレリウスに目配せしてこっそり片目をつぶった。

実を言えば、ここ数日、もう自分は元気なのだからワルド城の騎士たちの教練に参加すると言ってきかないリギアを、ヴァレリウスと協力してなだめてきたのはブロンなのである。時間の許すかぎりリギアの病室に顔を出し、苛立つ女騎士を上手になだめ、筋力を取り戻すための単調な運動に根気よくつきあったのも。そして今朝ようやく床上げが許され、さっそく剣をつかんで跳びだそうとするリギアを、なんとか中庭での型の修練だけに納めさせたのも。

この点でのブロンの口の巧さと辛抱強さは驚異的で、ヴァレリウスのみでは押し切られてしまったであろう局面を、実際に剣士でもあるブロンの現実的な意見が幾度も切り抜けさせてくれたのだった。

名誉あるパロの聖騎士伯として、他国の騎士の前でよろめいたり手が震えたりするところを見せたくはないでしょう、とやんわり指摘されるたび、リギアは歯噛みしてくやしがったが、それはその通りだったので、結局はブロンの口説きに屈するしかなかった。

そのせいで床上げした時のリギアの機嫌は最悪に近かったのだが、久しぶりに剣を手にとり、一連の型を通してみたあとでは、かなり気分は上向いていた。

ブロンがそれとなく支えてくれていることには気づいていた。やはりほぼ一月にわたる療養でかなり力が落ちているのは自分がいちばんよく知っている。確かにヴァレリウスの指摘通り、息はあがっていたし、もっとも軽い剣を撰んだとはいえ、久々に地面を飛び回った脚も、腕も手首もくたびれきって痙攣《けいれん》しかけている。

だがさわやかな外の空気と、運動が気鬱《きうつ》を追い払ってくれた。血の気を失っていた頰が健康的な血の色をとりもどし、瞳がいきいきと輝いていた。短くなっていた髪もかなり伸びて、今では胸のあたりまで垂れるようになっている。杯からつまみだした氷を噛みながら、リギアは暑そうに服をゆるめてぱたぱたと扇いだ。

ゆたかな胸を汗の粒が伝い、幾筋かの髪が胸のふくらみになまめかしくまつわりついている。ブロンはそしらぬ顔をしながらも眺めを楽しみ、ヴァレリウスはあわてて横を

向いた。突き出た頬骨の上が赤紫色になっている。リギアは知らん顔でもう一つ氷を口に放り込み、

「それで」ともごもご言った。

「グインからはまだ連絡はないの？」

「まだ何も」とヴァレリウスは言った。リギアが胸を扇ぐのをやめないのであさってのほうを向いたまま、

「オクタヴィア新帝陛下の体制を整えるのにしばらくはお忙しいでしょうし、われわれがひとまずこのワルド城で安泰であるということはご存知ですから、もうしばらくはこのままでしょう。まあ、機会を見てドース男爵にお願いし、サイロンに先立ちを送ってから、こちらからゆっくり向かうのもよいかもしれません。いつまでも、ここにお世話になっているわけにもまいりませんし」

「城の者はあなたがたを邪魔になど思ってはおりませんよ」

あわてたようにブロンが遮った。

「あなたがたがおいでにならなければ、グイン王がこの城においでになることなどなかったのですから。伝説の豹頭王を実際に間近で見ることなど、われらのような辺境の民には夢のまた夢だったことでしょう。神話のシレノスそのままのお姿を見、お言葉をいただいたことが、どれだけワルドの名誉を高めたことか」

そう言うブロンの声にも、抑えきれない誇りと英雄に対する憧憬の念がにじみ出ていた。

一陣の風のように来て去っていったケイロニアの豹頭王グインの存在は、いまだこの城の人々のあいだに残響のように残っており、ことあるごとに人々の口にのぼった。寄るとさわると彼らはあの一夜のことを囁きあい、あこがれと畏怖をこめて豹頭の英雄王の名を口にするのだった。彼が去ってまだ数日にすぎないにもかかわらず、その名はすでに、古い神を語るのと同じ叙事詩の響きをおびていた。

「それでも、ここに居続けることは危険かもしれないのです。われわれではなく、ワルドの人々にとって」

ヴァレリウスは首を振った。

「パロを襲った竜王のたくらみをお忘れですか。あのいまわしい魔道の力が、いつまた襲いかかってくるかもしれないのです。蛇の面をつけたただの盗賊ならよろしい、しかし、本当の竜頭兵のごとき怪物がまた、われらを狙ってこのワルドに送り込まれたとしたら、そのとき、私はなんとお詫びしてよいかわからない」

「でも、ああいう大がかりな魔道には時間がかかるんでしょう」

さすがにリギアも真剣な顔になった。氷をかみ砕いて胸をあわせ、真顔になってヴァレリウスに向かって座りなおす。

「それに、パロでの魔王子アモンのような、魔力の導管になる存在がいなければ、難しいって――」

「さようです。パロに仕掛けられた魔道は、あそこでしか通用しない。それも、かなり以前から周到に準備していなければ」

ようやくヴァレリウスは前を向いて息をついた。

「しかし、お考えください。先日、サイロンに起こった災厄は、グイン王を目的としたものでした。それはいささかなりと理解できます――魔道師としては」

気がかりそうにブロンにちらりと目を向け、せわしなく、

「グイン王は、魔道師としての観点から申し上げますが、ケイロニア王であられる以上に、猛烈な力の特異点でもあられるのです。それを手にすれば、世界すら書き換えることができるやもしれぬほどの。

私は歴史に大魔道師と呼ばれるほどの偉大な力も智恵も持ち合わせませんが、グイン王を手に入れること、いかなる意味であれ、彼という存在の一端なりともわがものとすることができるなら、それがどれほどの意味を持つかはわかります。もし、それができたら、どうなるか――」

言葉を切り、しばらく息をとめていてから、

「――私には、想像すらつきません」

長々と息を吐き出し、そう続けた。

「ましてや竜王ヤンダル・ゾッグは、異界の存在です。われらの常識が通用する相手ではないのです。彼がもし、サイロンでグイン王を手に入れていたらと思うと、背筋が凍るどころの話ではない」

「われわれが思うよりもずっと、世界は危うい縁に立っていたということか」

ブロンの顔も少し青ざめていた。

「では、クリスタルを蹂躙《じゅうりん》し、女王陛下をイシュトヴァーンの手に落とすことには、何の意味があったというのです？」

「気がかりなのはそこです」

ヴァレリウスは落ちつかなげに指を組み替えた。

「サイロンを襲ったとき、竜王はグイン王を手に入れるつもりでいた。それは確かでしょう。しかし、さらにそれに続く布石を、かなり以前からパロに、おそらくは中原のあちこちに、敷いていたという事実です」

「グインを手に入れるのに失敗したときの備えということではないの？」リギアが口をはさんだ。

「いいえ」ヴァレリウスはかぶりを振った。

「もちろんその意味もありはしたでしょう。しかし、もう一度考えてみてください。もしサイロンでグイン王とその力を首尾よく手に入れていたとしたら、竜王はそれで何をするつもりだったのでしょうか」

リギアとブロンは顔を見合わせた。

「世界を書き換える、と私はさきに申し上げましたが、それはあくまできわめて限られた例のひとつであって、それ以上のことも、しようと思えばできるはずなのです」

ヴァレリウスは続けた。

「グイン王に秘められた未知の力——それは完全にわれわれの想像の地平を越えています。あるいは竜王の知識をさえ越えているかもしれない。だからこそサイロンで彼はしくじったのでしょう。万全だと彼が信じた罠をグイン王は打ち破り、サイロンとケイロニアを魔王の手から救った。しかし万全を期した罠をしかけておいて、なおかつ失敗に備えていくつもの複雑なたくらみを各地に潜ませておく必要が、はたしてあるでしょうか」

「ちょっと待って」

リギアは眉間にしわを寄せ、額をもんだ。

「それじゃ竜王はグインを手に入れるだけじゃなく、彼の力を使って、それ以上の何かを中原に対してたくらんでるってこと？」

「そういうことになりますな」

　ヴァレリウスは陰鬱にうなずいた。

「イシュトヴァーンを傀儡《かいらい》とし、パロを竜頭兵のうごめく巷《ちまた》とし、なおかつサイロンを襲撃してグイン王を手にせんとし……ほかにいかなる陰謀が進行しているか、わかったものではありません。

　先日、グイン王ともお話しいたしましたが、あの方のお考えでは、すでにゴーラも竜王の手に落ちているだろうということでございました。私も賛成いたします。イシュトヴァーン王に唯一意見のできる相手、ゴーラ宰相カメロン卿が、この期に及んでなんの反応もしていないというのはおかしすぎる。ゴーラ正統のアムネリス王妃が亡くなられ、ほとんどゴーラは、あの方の手腕でのみ成り立っていると言っても過言ではないのです。

　それにイシュトヴァーンとは古いつきあいのあの方が、パロの女王を監禁し、クリスタルの住民をいかがわしい魔道の力を借りて殺戮《さつりく》するなどというくわだてに、賛成なさるはずがない。おそらくはカメロン卿もすでに竜王の手によって操り人形とされているか、あるいは――」

「殺されたか」

　ブロンが小さく呟いた。彼の眉根もきびしく寄せられ、異界の竜王がめぐらす深遠たる謀略に思い巡らせているようであった。

「なるほど。パロから逃げ出せたからといって、気を抜くことはできぬというわけだ。

わがケイロニアもまた、おそらく竜王のあぎとの下にある——グイン陛下の存在によって一度は救われたとしても、今度はもっと狡猾な手段で攻撃されるかもしれぬということか」

「グイン王を取り逃したことで、よけいに竜王はケイロニアへの執着を強めておりましょうな」

ヴァレリウスは肩をすくめた。

「アキレウス大帝が薨《こう》じられ、新帝オクタヴィア陛下が新体制をうち立てられる前である今が、おわかりでしょうが、ケイロニアにとってももっとも弱い時期であり、竜王の手が入り込みやすい時期でもあるということです。グイン王もそれを理解しておられる、その上——」

ヴァレリウスは何か続けようとしたが、はたと気づいたように口を閉ざした。リギアがけげんそうにヴァレリウスを見る。

「その上、何？　ヴァレリウス」

「いえ。何も」

ヴァレリウスは鳥の巣のようなぼさぼさ頭を振り立てた。

「ただ少し、思い出したことがあっただけです。大したことではございません。ただ、用心は常におこたれぬ、一度は撃退したとしても、さらに悪質な攻撃に備える必要がある、ということです。

おそらく中原がすべて自覚を取り戻し、一枚岩となってことに当たらねば、竜王を完全にこの世界から追い払うことは不可能でしょう。中原のみならず、グイン王そのお方こそが、すべての世界と次元を超える、不可思議な力の焦点となると申せましょう。グイン陛下の動向こそが、あらゆる運命の鍵を握っているとしか、私には申し上げられません」

陰気な間が生じた。ブロンは自らの尊崇する英雄王に負わされた巨大な力とその運命に思いを馳せるように空を見上げ、リギアは唇をかんでしきりに剣を撫でていた。一刻も早くもとの身体を取り戻し、再び襲い来るかもしれぬ竜王にあらがわねばならぬと決意を新たにしているようだった。剣士二人がそれぞれ戦いに心を向けるあいだで、ヴァレリウスはなかば瞼《まぶた》をとじ、うらうらと照る日光と、その下の葉陰を平和に出入りする羽虫と蝶から、見えないルーンを読みとるかのように身じろぎもしなかった。

彼にはまだ口にしていない言葉があった。それを口外することはまだ人々の間にいらぬ不安を巻き起こすもとだと気づいていたのだ。しかし、頭の深いところにはしっかりとその疑問が根付き、夜ごと日ごとに彼の悩める脳髄を責め立てていた。

（そして、竜王はグイン王を手にして、いったい何をするつもりなのか）

胸の奥でヴァレリウスは何度となく繰り返した自問を反復した。

（グイン王の力を手に入れ、さらに中原すべてをおのれのものにし、そうして、竜王は何を求めているのだ。ただこの世界をおのがものにするためだけならばここまで大がかりで時間のかかる、綾なすたくらみをはりめぐらす意味がない。おそらく、中原の征服も、グイン王を手にすることすら、彼の計画の一端にすぎない）

落ちくぼんだ眼窩の奥で、灰色の瞳が一瞬ものすさまじい光を宿した。

もはや遠い昔のことのようにも感ぜられるが、ヴァレリウスは、レムスの肉体をかりた竜王そのものと対話をかわしたことがあったのだった。傀儡と化したレムスの背後にゆらめく姿は、爬虫類の頭部をもつ異世界の怪物のそれであった。

あの時、身は後ろにリンダをかばい、パロにあるまま見せられたのは、白い三角錐の塔と祭壇の魔都シーアンの幻影であった。青白い電光のほとばしる尖塔のあいだで、竜頭人身の生物が異様な頭をてらてらと光らせて闊歩《かっぽ》していた。人々は蟻のように使役され、鮮血をまきちらして家畜のようにただ殺されていった。首をはねられた女たちの血が溝を流れて完成まぎわの建築物にそそがれるのを、竜王はきよめと呼んだ。

（『この惑星《ほし》のたそがれが、お前如き無力な虫けらに等しい下等な魔道師の目に透視できずとも不思議はない』）

レムスの声をかりた異界の生物はそう告げたのだった。

（『が、われには見える。われに見えるのは、ふしぎな暗黒の、だが美しい退廃の闇の世界と化しはてたこの世界だ！　そしてそこにみちる、あやしい異世界よりの妖魅たちだ。この世界は、異世界の妖魅どもの支配するところとなり――人間どもは、それらに支配され、それらとまじわってあやしい混沌と堕落のなかにたそがれのさいごの帝国をきずく……それが、この惑星《ほし》にさだめられた末路だ！』）

（『そして、そのとき、はじめて……それは、われらの父祖の惑星、ここではない遠い異世界をうつした場所となり、そのときはじめてわれらは――』）

（『神聖なインガルスの竜人族はこの惑星《ほし》の王者となるのだ！』）

その一語を思い浮かべると、ヴァレリウスの頭は激しく疼いた。あたかも、きわめて巨大な情報を高度に圧縮してむりやり頭に詰め込まれたかのような、光る星々と広大な別世界の宇宙がその後ろにあった。

おそらく、あれはレムスという媒介を使用し、不自由な人間の言語でもって自らの意味するところを伝えようとする異世界種族が、膨大かつそもそも人とは根本的に異なる思念を、限られた語彙で最大限に表現した発言だったのだろう。インガルスの竜人族という名のその背後に、どれだけの複雑でおぞましい異種族の概念がつめこまれているか、ヴァレリウスはあえて考えることをしなかった。もし本当の意味でその一端に触れれば、まさにグイン並の強力さを持ち合わせぬかぎり、脆弱《ぜいじゃく》な人間精神など風の前の塵《ちり》のように吹き払われてしまうことを、本能が告げ知らせていた。

あの時の会話は一言一句ヴァレリウスの脳裏に刻まれていたが、その意味するところを完全に理解し得たとはとうてい言えない。いずれにせよ相手はまったくもって人類とは意識の成り立ちを異にする種族なのであり、その一語一語を人語に翻訳したところで、その途中でこぼれ落ちる多くの情報、そもそも翻訳不可能である意味、あやまって訳された言葉やゆがめられた想念などがあって当然だ。

〈『われわれの先祖ははるかあの星々の海をこえてきた――〈調整者〉と称するあの悪魔どもに追い立てられ、かりたてられてはるばると星の海を逃亡してきたのだ。……この地こそはわれら竜人族の約束の地――ここを根拠として、われらは暗黒なる魔道の王国をうちたて……そして〈調整者〉どもとの長い、宿命的なたたかいにさいごの勝利を得るだろう……』〉

〈調整者〉なる言葉が何を正確に意味するのか、これもまた、ヴァレリウスの頭脳を疼かせる。竜人族の一言よりもなお深遠な意味、はるかに高度で謎めいた存在を指しているらしきことは感じ取れるが、これもまた、追究すれば間違いなく脳が焼き切れるであろう思考のひとつだった。

とにかく、あの会話から推測するに、ヤンダル・ゾッグ率いる竜人たちは〈調整者〉なるものと敵対しており、〈調整者〉によって故郷を逐われた彼らは、この中原をあらたな根城として反撃を計画しているのであろう、という輪郭はいちおうわかる。

か。

だが果たして、それのみで理解が足りたと考えてよいものだろうか。ヴァレリウスにはそうは思えなかった。グインを手に入れんと試み、なおかつ網の目のごとく陰謀を張りめぐらして闇にうごめくあの竜王が、本当にそれだけの目的で動いているものだろうか。

彼らにとっては「それだけ」であっても、人類にとって「それだけ」であるとは限らないのだ。レムスの脳という限られた手段を通じて伝えられたあの情報が真実のすべてであるとは、ヴァレリウスには一瞬たりとも思えなかった。

せまいじょうごの口から広い世界を覗くようなものだ。細い口のむこうには大きく広がった口があり、さらにそのむこうには、無限の空間が広がっている。相手が完全な異界の生物であることを忘れてはならない。彼らにとって当然の、言及するまでもないものが、人類にとっては重大かつおそるべき意味を隠しているかもしれない。

加えて、あらゆる一言、発音、言葉の間、吐息にすら、意味があったのかもしれない。あるいはこちらには伝わらなかった相手の身振りや、表現する方法のなかったさまざまな別の部分などもある。人間同士であっても、文化が違えばしばしば誤解が起こるものだ。異世界の存在との交流においては、ほんのささいな脱落や差違が、まわりまわってどのような致命的な意味を宿すことになるか知れたものではない。

(『これが、回廊だ——これが、われわれに、ふるさとへの道をひらく……』)

（『それは……それはカイサールの転送装置……』）

こめかみを突き刺す疼きに、ヴァレリウスは小さく声を上げて顔をしかめた。記憶の中からレムスの喉をかりた竜王の声がすさまじく膨れあがって、一瞬、脳髄を内側から爆発させせんばかりにしたのだ。

カイサールの転送装置。それがグインになにか関係すると思われること、もっと推し進めれば、おそらくは、パロの奥深くに眠るあの古代機械にかかわること……で、あることはなんとかヴァレリウスにもわかる。

だがそこまで考えると、短い言葉に押し込められた圧倒的な情報量と思考の密度に、ヴァレリウスの脆弱な人間の脳は動きをとめてしまう。

人が扱うには巨大すぎる秘密がそこに押し込まれている。竜人族。グイン。〈調整者〉。古代機械。カイサール。

未熟な魔道師が大きすぎる魔道を行ったあげくに発狂して廃人と化すように、それらの言葉は思い浮かべただけでヴァレリウスの脳を灼く。それ自体が生命を持って動き出し、独自の世界と意識をくり広げて輝きわたり、あまりにまばゆい光と質量でもってヴァレリウスという存在を押しつぶしにかかってくる。自らの正気と命を守るためには、人間の脳が生み出した人間の言語という、きわめて限られたせまいじょうごの口に甘んじているしかない。

なまじ、それがせまい出口であり、その反対側には広大かつ理解のいまだおよばぬ別世界が広がっていることをおぼろげながらも感じ取れるだけ、ヴァレリウスは不幸であるともいえた。魔道師である身が抱く未知の領域への強いあこがれ、せまいじょうごから目を細めて、あちらにあるとわかっている異質で膨大な知性の産物をのぞき込んでいるしかないことは、ヴァレリウスのような精神を持つものにとっては苦痛というしかない。

キタイの魔道師のささやきが微《かす》かに耳朶《じだ》をかすめた気がした。ヴァレリウスはぶるっと身を震わせて記憶を追い払った。駄目だ。あの声に耳をかしてはならない。あの声がどのようなものを約束しようと。たとえ〈彼〉が、あの夏の日の輝く幻影がそこにほほえんで手招いていたとしても。パロの宰相として、ほかならぬ〈彼〉から託された役割として、智恵の誘惑に身をまかせ、異界の呼び声に応えることがあってはならない。あの声に身を投じればたちまち、すべての闇が光のもとにさらされるのだとしても。

「どうかしたの、ヴァレリウス。黙っちゃって」

長い沈黙に耐えかねたように、リギアが尋ねた。ヴァレリウスは首をふり、曖昧な音を立てただけでそれに応じた。リギアとブロンは顔を見合わせ、魔道師は理解できない、というように、そろって肩をすくめた。

回廊を急ぎ足の足音が近づいてきた。本丸につづく通路のほうから、ひとりの従士の少年が息せききって駆けてきた。

「ヴァレリウス様！　パロの宰相閣下はそこにいらっしゃいますか？」

「何用だ」

ブロンはすでに立ち上がっていた。リギアも柱に手をついてまっすぐ身を立て、少し遅れてヴァレリウスも立った。礼儀もなにもなく駆けてくる従士を叱ろうとしたブロンを軽くとどめて、

「私ならここにいる。何かご用か」

「例の村を襲った盗賊の生き残りが見つかりました」

少年は膝に両手をついて息をした。あげた頬がまっかだった。重大な報せを預けられた光栄に目は輝き、興奮に息をきらしている。

「村の焼け跡から逃げ出して、山の洞窟に隠れていたのを、狐を追いかけていた犬が見つけたんです」

リギアがはっと息をのみ、口を手にあてた。ヴァレリウスは凝然と凍りついて少年の顔に目を据えていた。

「今、ドース男爵と犬たちを連れていた兵士、それにエレネイ師団長が尋問のために集まっておいでです。すぐにヴァレリウス閣下にもいらしていただくようにと」

2

密室は異様な熱気にこもっていた。

人々は悲しみにうちのめされて頭も上がらない哀れな娘のために、部屋の前をつま先立って通り過ぎた。誰も入ってこず、誰も出ていかない。先ほど、様子をのぞきにきた村の女は、娘が毛布をかぶって丸くなり、静かにしているのを確かめるとほっと息をつき、扉を静かにしめて去った。毛布の下で何が起こっているのかは見もせずに。

粗い毛布の織り糸はその下で行われている急速な変異にさらされて揺れ動いていた。もし村女がもっと注意深く見ていれば、毛布の動きが眠っているものの規則正しい上下運動ではなく、なにかもっと異様な、軟体動物が袋に閉じこめられて蠢いているような不気味な動きであることに気づいたかもしれない。だが女が見た時、それはまだごく微かな動きであり、一瞥《いちべつ》しただけではただ熟睡しているようにしか見えなかった。

女にとっても娘はつらい記憶を刺激する痛々しい傷であり、長い間正視するには堪えない存在だった。失った村と土地と家、隣人や家族、もはや取り返せないそれらを娘と共有してはいたが、恐怖の記憶をふり捨て、新しい日々を見ようと努力している者たちにとって、過去にしがみつき、豹頭の英雄王にすら罵声をあびせた娘は、膿んだ傷口のように、大切には扱うが触れがたい、ある種やっかいなものとなっていたのである。

そうした遠巻きの視線とおずおずした扱いのもとで、変異は進んでいた。女が去ってから数刻、毛布の下の身体ははげしく波打ち、うめき、殻を破ろうとするおびただしい蛇の子のようにざわめいた。わずかにつきだした頭はまだゆたかな長い髪に覆われていたが、それすらざわつき、子蛇の群のように鎌首をもたげて這ってゆく先をさがした。

娘はあがいてごろりと仰向き、顔をさらした。荒い呼吸をして舌をつきだし、空気をなめた。舌は縊死者《いしし　しゃ》のそれのように青紫の棒になってだらりと口からはみ出した。ほら穴のように開いた口から遠いこだまのような声がもれた。地底のどこかで獣が吠えている、そのような呻きだった。

言葉にならない唸りをもらし、娘は目を開いた。細くなった瞳孔が次の瞬間大きく広がり、またすぼまった。緑の燐光が堅くなった眼球の奥にちらついた。

娘はあがき、変形した両手をあげて空をかいた。両腕は黒く変色し、関節が増えて奇妙な枝のように折れ曲がっていた。音をたてて空気を吸い込み、また吐き出す。砂をこするような耳障りな音が続いた。

『ころしてやる』

ふいにはっきりと、声が言葉になった。いくつもの関節ができた黒い指をカチカチと打ち鳴らし、娘であったものは繰り返した。

『ころしてやる、ころしてやる。あのまじょをころしてやる。ころしてやる。ころしてやる。みんなころしてやる』

毛布が引き裂かれ、腕と同じく変形した脚と、いまわしい変異を続けて脈打つ胴体があらわになった。濁った漿液が変形する生き物からゆっくりと流れ出て少しずつ床にたまってゆく。

裂けた皮膚が一瞬赤い色をあらわにし、すぐにつながった。流れかけた赤い血はすぐに青紫色の油のような液体にとろけた。糸のような赤色のひとすじが渦をまいて消えた。

生物は身を弓なりにし、続けて胎児のように丸まった。ころしてやる、ころしてやると、もはや原型をとどめていない口でつぶやきながら。

熱した石炭のように、変異の起こす熱が室内をあぶっていた。閉ざされた部屋で、煮詰められた憎悪が質量を増し、悪夢の産道を通って、この世に姿をあらわそうとしていた。

男はひどく怯えていた。

「盗賊だったことは認めております」

　ワルド城の騎士たちを指揮するエレネイ師団長は貴族的な容貌を持つ長身の男だった。端正な顔立ちと山岳民にはあまりない長い手足をしていたが、髪と瞳は山の民の血を示して黒い。黙して立つドース男爵の後ろに控え、自分より頭一つ低い領主の耳にささやくために、腰を曲げて上体をわずかにかがめている。

「例の事件があった日は、ワルドの騎士の一番隊が駆けつけた際に、身の危険を感じていち早く逃げ出していたとか。その後、何が起こったかを知ると、恐れて山を下りることができずに、これまで洞穴にひそんで、木の実や草で食いつないでいたようです」

　ドース男爵は小さく顎をひいてうなずき、鋭い視線で男を刺し貫いた。男はひっと喉を鳴らし、ぼろぼろに汚れ果てた着物の奥に身を縮めた。

　やせ衰え、髭と垢にまみれた顔にはほとんど血の気がなかった。ろくなものを食べていないのだろう。わなわなと震える手は骨と皮ばかりになり、爪の間には泥か垢かわからないものが真っ黒に詰まっている。髪は海草のようによれて額に垂れ下がっていた。手の甲や頬のそこここに、例の蛇の変装の名残の鱗が、わずかにこびりついて残っている。

「あのあとどうしていたかはさしたる問題ではない」

　ヴァレリウスは言った。リギアとブロンも隣に顔をそろえている。

　リギアは露骨に嫌悪を露わにし、ブロンもそこまでではないがさしていい心持ちはしていないようだ。石造りの半地下室には傾きかけた陽光がななめにさしこみ、空中に舞う埃を白く浮き立たせている。

「私が問いたいのは、この……この男たちに、蛇人間に変装しようという考えを吹き込んだのが誰かということです」

ヴァレリウスは床に片膝をついた。黒衣の魔道師に顔を近づけられ、男は床に座ったままずり下がろうとしたが、左右に立つ衛兵の手によって手荒く引きずり戻された。

「お前」

エレネイ師団長が森厳《しんげん》な声を出した。

「どこの者だ。名は」

「あ、あ、あんた知ってる」

男は聞いていなかった。首根っこを押さえられながら狂ったように目玉を動かしていた。両手両足を鎖でつながれ、武装した兵士二人に肩を押さえられていてもどこかに逃げ場はあると信じてすがるかのように。落ちつきなく何度も目をやるさまは、ヴァレリウスの鴉《からす》めいた黒衣が今にもひるがえって炎に変わると思っているかのようだ。

「あ、あんた、パロの魔道師だ。そうだろ。そ、その黒ずくめの衣装。魔道師はそういう格好してるんだ。俺は知ってる。そうなんだろ」

「ああ、そうだ」

ヴァレリウスは静かに片手をあげた。

「俺はパロの魔道師だ。そしてパロの宰相でもある」

それだけで燃やされると感じたかのように、男はか細い悲鳴をあげてまた下がろうとし、兵士に押さえつけられた。

「質問に答えろ。この犯罪者が」

「け、け、ケイド」

身震いしながらようやく男は言った。

「イアムのケイド、……ずっとクムにいてあちこちしてたが、サルドスの宿場町で会ったやつにいい仕事があるって言われて、仲間に入れって」

「それはどんな相手だった」

震え続けるイアムのケイドにヴァレリウスは問いかけた。

「俺のような魔道師か」

「違う！」

ケイドはたちまち震え上がって色を失った。

「魔道師ってのは関わっちゃならねえもんだ、関わるとろくなことのねえ奴らだってのは知ってる……みんなそうだ……お、おいらは酒場でいっしょに飲んだ奴に声をかけられただけだ、ちょろい稼ぎがあるから人を集めてるって……ちょっと顔に色を塗って鱗をくっつければいいからって……それだけで、簡単にうまい商売ができるって」

「その相手はどんな奴だった。名は」

「し、し、知らねえ」

「わしの前で嘘は許さん」

ずしりと響く声でドース男爵が唸った。兜めいた鉄灰色の髪が逆立ち、領主の衣の下で鍛えられた体がぐっと張った。イアムのケイドは情けない悲鳴をあげて頭をかかえて縮こまった。

「お前はわしの領地で領民を虐殺し、その財貨を奪った」

ドース男爵の声は低いが朗々と流れた。

「本来ならば即座に首を落とし、城壁に死体をさらして鳥につつかせるところだ。だが、お前はある事件の手がかりとなるかもしれぬ事実を知っている可能性がある。まだ生かされているのはそのためだ。もし話さねば、一息に首を落とされたほうがよかったと後悔することになる」

「本当に何も知らねえんですよ！」

ケイドは泣き声をあげた。ドース男爵が本気なのは明らかだった。背中で組み合わされた手にぐっと力がこもり、無骨な拳にくっきりと筋が浮き出ている。愛するワルドの地、その民に危害を加えた盗賊に対して、苛烈な山岳民の長が慈悲など持ち合わせるわけもない。ケイドは床に崩れ落ちて男爵にすがりつこうとし、兵士に背を打たれて悲鳴をあげた。

「おいらあ何も知りません、本当です、嘘じゃねえ」

めそめそとすすり泣きながら彼はかきくどいた。

「へ、蛇団の仲間はたくさんいて、どいつもあんまり知らないやつばっかりだったんで……ルーアンでちょいと下手をこいて逃げ出してきたとこだったんで、路銀と酒代が手にはいるならなんでもよかったし……〈黒猪〉の親方に追われてもいたし……っ、連れがほしかったんですよう。ひとりでこそこそ歩いちゃ、後ろを気にするのはもううんざりで」

「蛇団」

ブロンが眼を細めて呟いた。

「お前たちは自分をそう称していたのか？　蛇団と」

「へ、へい」おずおずとケイドは頷いた。

「誰がそう言い出したのかは知りません。俺が入ったときにゃ、もうそういう名前だったと思います。芸のねえ名だと思ったのを覚えてるから」

「確かにね」とリギアが囁き、でも笑えないわ、と独り言のように続けた。ブロンは憮然と腕を組んでいる。

「でも蛇の格好をするんだからまあわかりやすくていいやって思って……金が手にはいるなら文句つける筋合いでもなかったし……ねえ、ほんとにおいらあんな真似するつもりなかったんですよ」

　ケイドは祈るように両手を合わせて膝をついた。

「おいら正直なこそ泥で、ルーアンでしくじったのだって、うっかり親方の女に手つけちまったからなんだ。徒党組んで人殺してまわるなんて、ほんと、おいらのやり方じゃねえんです。なんであんな話にのっちまったのか、今じゃもうよくわからねえんだ。騎士様がたが村に駆けつけてこられたときに、頭がんと殴られたみたいに目が覚めました。おいらこんなとこで何してるんだ、とっとと逃げねえとしばり首どころかこの場で斬りすてられちまうぞ、って思って、あわてて村の裏から山へ逃げたんです。ほかの奴らは斬り結ぶのに夢中になってて気づかなかったし。で、必死に山の斜面にしがみついて隠れ場所探して登ってて、なんかきな臭いと思って振り向いたら、わっ！　村が火噴いて燃えてるじゃありませんか」

「煙を見たのか？　それとも火？」

「両方ですよ。いや、ほとんど火だった」

　ケイドは飛び出した喉仏をせわしなく上下させた。

「煙はおいらたちがつけたはじめからちょっとは上がってた。でもおいらが見たのはそんなんじゃなかった。まるでドールの地獄から噴き上がる火炎がそのまま現れたみたいで、ぞっとするような笑い声まで聞こえてきたし、こいつあいけねえ、えらいことになったって思ったら足が動かなくて、次の朝までそこの斜面でちぢこまってたんです。おかげであとで大熱出しちまって、死ぬかと思いました。けどなんとか持ち直して、山下りてほかの土地へ逃げようと思ってたら、近くを通った木こりだか誰かが、村に現れた火の魔女だか悪魔だかのこと話してて」

一瞬、リギアの頬がつらそうに歪んだ。ヴァレリウスは完璧な無表情を保っている。

「耳をすまして聞いてたら、その悪魔が蛇団の奴らをまるごと焼き殺して、土地も二度と使えないようにしちまったってじゃないですか。もしかしたら、生き残りのおいらのことも見つけて、燃やしにくるんじゃねえかって思ったらもう腰が抜けて動けなくなって、それからずっと洞穴にすくんでたんです。火起こすのも怖かったから、草やら木の根やら生で食って、なんとか生きてましたよ。だって火なんて焚いたら、そこから火の悪魔が出てきておいらを燃やすかもしれないじゃないですか」

「お前の身の上話はもうわかった」

ヴァレリウスは無表情のままケイドを見つめた。手を伸ばして、こそ泥のそげた頬にぺたりと手のひらを当てる。ケイドは身体をひきつらせたが、また兵士二人に押さえつけられた。

「俺が聞きたいのは、そもそも蛇団とやらを最初に始めた者のことだ」

一つずつ、刻み込むようにヴァレリウスは言ってきかせた。

「なぜ怪物のふりをして村を襲おうなどと考えたのか。それに、ほかのもっと恐ろしい怪物ではなく、なぜ蛇であり、蛇人間の扮装が選ばれたのか。はじめに声をかけてきた相手を知らないというのは本当なのだな」

「ほ、ほ、本当ですってば」

ケイドは身も世もなく泣きじゃくっていた。頬に押し当てられた冷たい魔道師の手が今にも灼熱の炎を噴くと思っているようで、必死に身をよじって逃れようとし、兵士たちに腕をひねりあげられて悲鳴をあげる。

「なんかお話しできることがあればなんでもしゃべってます、嘘じゃありません。蛇団に入ってからだって、見知った顔とは会わなかったし……あれ？　そういや、声かけてきたあいつも見かけなかったっけ……」

ケイドのもがきがふと止まり、ぼんやりとした表情が眼をかすめた。

ヴァレリウスは機を逃さず、すばやく指をケイドの前に走らせ、催眠のルーンを宙に描いた。青く走る魔道の軌跡を眼にしたケイドは焦点の合わない眼のまま固まり、涙と鼻水まみれの顔をぽかんと宙に向けた。弛緩した口がだらりと顎を落としている。

「聞こえるか、イアムのケイドよ」

ひそめた声で語りかけながら、ヴァレリウスはゆっくりと精神の触手をこの哀れなこそ泥の心に潜り込ませていった。できればケイロニア人であるドース男爵やその配下の前では魔道の技は、アッシャのことがあるのも鑑《かんが》みて、使いたくはなかったのだが、気にしていられる場合ではない。

「ああ、聞こえる」

ぼんやりとケイドは応じた。夢を見ているような穏やかさがたるんだ頬をよけいにたるませている。

「よし。お前はいまサルドスの宿場町で酒を飲んでいるところだ。ふところにはもうほとんど金がない。明日からはどうしようと思案している」

徐々にケイドの表情が変わってきた。憔悴した様子が消え、小ずるそうな、はしっこい小泥棒特有の油断のない目つきが戻ってくる。

ドース男爵は沈着な様子で見守っているが、質実な山の民でありケイロニア人であるエレネイ師団長と二人の兵士は、わずかに顔をこわばらせて警戒とも恐れともつかない表情を見せた。魔道という理屈に合わぬものに関して、ケイロニア人が示す一般的な反応ではある。パロ滞在とここまでの旅路で魔道の存在に慣れたブロンは黙って成り行きを注視し、リギアもまた身を乗り出さんばかりにケイドの口もとに目を注いでいる。

「誰かが声をかけてきた」

ヴァレリウスは続けた。

「何かいい稼ぎ口を紹介してくれるそうだ。お前としては願ったりかなったりだ、そうだな」

「そうだ」抜け目のない口調でケイドは言った。驚いたことに、くっくっと喉の奥で笑い声さえたてる。「そうともよ」

「そいつはどんな相手だ？　目の前にいる相手の人相を言ってみろ」

「相手？　相手って、そりゃあ」

ケイドは口ごもり、眼をきょろつかせた。もぞもぞと動いて、実際に左右を見回しさえした。「……相手？　え？」

「どうした」ヴァレリウスは促した。

「話したということは相手がいるのだろう。蛇団にお前を勧誘した相手だ。それはどういう人物だったのだ。男か、女か、服装はどう見えた、汚かったか身綺麗だったか、金は持っていそうだったか、お前同様にからっぽの財布を嘆いていたか、酔っていたかしらふだったか、どこの国の生まれに見えたか。泥棒の目利きは確かだと聞くぞ。どうだ」

目に見えてケイドは動揺した。身を揺すり、ぶつぶつ言い、頭を振って、目の前にないかついているのを振り払おうとするような動作をする。

「わ、わからねえ」

ついにケイドは吐き出すように言った。言っていることに自分で驚いているかのようだった。

「なんか言われたことは言われたんだ……蛇団に入れ、いい稼ぎができるぞって……けど、そいつがどんな奴だったか、わからねえ。目の前にいるのに、見えねえんだ。いるのに、いねえ。まるで水に映った影に向かい合ってるみたいだ……」

リギアとブロンはこっそり目まぜをかわした。エレネイ師団長と兵士は一様に驚きと疑いを交互に行き来する色を浮かべている。彫像のようにどっしりと動かないのはドース男爵だけで、兜をかぶったような鉄灰色の頭をじっと胸の上に落ち着け、指の一本も動かさない。

ヴァレリウスは小さくうなずいた。質問を変える。

「蛇団に入ってからはどうだ。蛇の扮装をすることに疑問を持ったり、反発したりする奴はいなかったか。だいたい、誰が蛇の扮装と、そのやり方を教えたのだ。あれだけの人数の烏合の衆を、それなりの一盗賊団に仕立て上げるにはある程度の統率力を持ったかしらが必要のはずだ。お前たちに命令を下していたかしらは誰だ」

「そんな奴ぁいねえよ」

答えたケイドの口調は、むしろ誇らしげだった。

「おいらたちみんな、自分で蛇の衣装をこしらえたんだ。誰も教えてくれなくたって、やりかたはわかってた。なんせ、おいらたちは蛇団なんだからな。蛇が自分の皮の作り方を知らねえわけはねえじゃねえか」

「誰にも指示されずに自主的に蛇の扮装をしたというのか？　全員そろって？　誰も文句も言わずに？」

「あたりきよ。なんてったって、おいらたちは栄光ある蛇人間……」

突然ケイドはぴしゃりと口を閉ざした。まるで何者かが手をのばし、しゃべりすぎる泥棒の口をふさいだかのようだった。ガチンと歯がぶつかる音さえ聞こえた。

周囲の人間が息を殺している中で、ヴァレリウスはなだめるように小さく呪文を呟きながら、男の顔の前に手をかざした。

自分の身体からくり出た探りの糸が、相手の精神の見えない開口部に滑り込んでいくさまを幻視した。荒れた暮らしとすてばちな思考でざらついた精神が指先に感じられた。彼がこれまで為してきたひどく悪辣《あくらつ》というわけでもない、だが間違いなく没義道《もぎどう》な行いが次々と流れていった。

なるほど大した悪党ではないな、とヴァレリウスは考えた。自分はただのこそ泥にすぎないというケイドの主張は嘘ではないようだ。

記憶から探り出された過去で、着物をまくり上げたままぽかんとしている女の上からあわてて転げ落ち、着物をつかんで逃げるさまが見える。顔じゅうこわい髭ともじゃもじゃの髪で覆われた、猪というより黒熊に近いいかつい男が、片手に斧をふりあげてわめき散らしている。命からがら脱出し、ルーアンの街路をつんのめりながら走る後ろから斧が飛んできて耳もとをかすめ、おまるに入った糞尿が頭上からぶちまけられる……。

魔道師の視界において、ケイドはヴァレリウスの魔道の糸に全身をくるまれ、白く輝く繭のようになっていた。絶えずゆらめく魔力の糸の下に、催眠に支配された男の弛緩した顔がまたたく。この男は壁が崩れ、窓がはずれてぶら下がった廃屋のようなものだ。怯えきって飢え、疲れと緊張で今にも崩壊しそうになっているが、それでも土台は抜け目なく保っている。その暗い奥にはいまだ影がひそんでいて、置き忘れられた何者かがうずくまっているかもしれない。

指を動かすと、糸につながれた人形のようにケイドも顔を動かした。宙に開かれた眼の前にヴァレリウスは顔を突きだし、眼球の奥をじっくりとのぞき込んだ。開ききった瞳孔に鼠めいた黒衣の魔道師が映り、さらにその奥に、うごめく何かがちらっと走った。

「さあ、さあ」ヴァレリウスはそっと言った。

「怖がらなくてもいいのだ。お前は蛇団に入った。蛇の変装をして村を襲う計画に参加した。それを教えたのは誰だ？　そんな計画をお前たちの耳に吹き込んだのは誰だ？　よく考えるのだ、いいかな、急ぐことはない」

言いながら、ひび割れたケイドの精神をじっくりと手繰っていく。織り目のわずかなゆがみをも見逃さない熟練の織り手の細心さで、男の荒れた心の表面をたどり、隙間から入りこみ、残されたいかなる痕跡も残すまいと神経を研ぎ澄ます。

「あの蛇の変装をまとったのはいつかな？　いつもあの格好をしていたのではないのだろう？　人数がまとまったのはいつごろだ。サルドスにいたというのなら、どうしてワルド山脈にやってきた？」

「それは……」

ヴァレリウスの魔道がそっと心を圧す。ケイドはあえいでだらりと舌を垂らした。舌先がひくひくと震える。

「それは……それは……そういう風になってたからで……」

「ワルドにやってくることが決まっていたというのか？　では、それまでは蛇の仮面をつけてはいなかったと？　あの村のほかに、蛇の変装をつけて襲った村はあったのか？」

「こちらでも聞き込みはさせておりますが、これまでのところ、そのような報告は受け取っておりません。少なくとも、蛇の扮装をした集団は」

エレネイ師団長が横から囁いた。いつのまにか彼も目前で行われる魔道の尋問に引き込まれ、成り行きを夢中になって見つめている。ヴァレリウスはうなずき、声に力をこめた。

「では蛇団としての活動はあの村が初めてだったというのか。いい仕事をさせてやると言われてぞろぞろとサルドスからここまでやってきたのか。

それは何故だ？　クムからここまでの間には数多くの村がある。人家がある。なにもわざわざグイン王のいるケイロニアの領内にまでやってくる意味はない。ワルドの山村よりゆたかで実入りのいい村ならクムにも、その途中の街道にもいくらでもある。なのに、お前たちはワルドへ来て、蛇の仮面をつけ、わざわざゴーラの旗までたてて、村人たちを虐殺した。いったい、それは何故だ？」

「それは……」

ケイドの全身が震えた。手足ががくがくと震えだし、膝をついた姿勢のまま前に倒れ込みそうになって兵士があわてて支える。棍棒と膝で押さえつけられても、痩せおとろえた男は驚くほどの力でばたばたと暴れた。

「それは……それは……あ、あ、ああ、それ、それ、は」

「それは？」ヴァレリウスは食い下がった。精神の探り針をいよいよ深部までさしこみながら尋ねた。「それは——？」

いきなりケイドの身体ががくんと垂れ下がった。気絶したか、あるいは心の臓でもいかれたかと、兵士ふたりがあわてて支えようとした。

脳髄の芯に焼き鏝《ごて》を当てられたような激痛が走って、ヴァレリウスは声もなくのけぞった。強酸と業火が精神の指をことごとくなめつくした。

ケイドが異様になめらかに頭をあげた。まるで蛇のように。唇は耳まで裂け、細かい針のような歯がずらりと端から端まで並んでいた。

『それは』と彼はしゅうしゅう言った。

『それはむろん、あんたたちがここにいらしたからじゃないですかね、パロのだんな方』

「殺せ！」

エレネイ師団長のびんとした下知が響きわたった。

呆然としていた兵士もあわてて剣を引き抜こうとしたが、目にもとまらぬ早さで動いたケイドの腕——腕？　に腹と首をなぎ払われ、左右に吹っ飛んだ。ひとりは首をなかばまで切り裂かれており、あふれ出る血をなんとか止めようとあがいていた。

ケイドは水銀でできた生き物のようにぬめりと立ち上がり、ざわざわと全身を蠢かせていた。垢の下にわずかに残っていた鱗がみるみるうちに増殖し、手の甲から腕へ、肩へ、首へそして顔面へと広がっていった。ぼさぼさの髪が抜け落ち、つるりと尖った無毛の頭部が現れた。ヴァレリウスに目を向けて、彼は牙の列をずらりと見せて笑った。その眼は紫と緑に変わり、針のような瞳孔が金色に光っていた。

苦痛に耐えながらヴァレリウスはいくつかの呪文を叫んだ。ケイドだったものはいくらかふらついたが、まだ笑っていた。極寒の風が吹き抜けるような、人間らしさのかけらもない笑い声だった。

稲妻が走り、異形の者の全身を網の目のように雷光が包んだ。肉の焦げる臭い、それから何か嗅いだことのない液体が焼かれてジューッと音をたて、異形の者は苛立つような身ぶりで魔道師に手を伸ばした。

エレネイ師団長とブロンが同時に襲いかかった。二振りの剛剣が一方は頭上から、一方は肩から斜め懸けに打ち下ろされた。

ブロンの剣がまだ鱗に完全には覆われていなかった胴体を真っ二つにし、続いて、エレネイ師団長の渾身の一撃が、まだ倒れる暇もなかった怪物の身体をたてに両断した。ぐしゃりと潰れた頭から汚らしい灰色の脳が飛び散り、青黒い血にまじって、見たこともない形の内臓が床にどっとこぼれ落ちた。

『お見事……』

割れた顔をあげて、怪物はシュウシュウと嘲笑した。

『しかし実に無慈悲なものですな、ケイロニアのお方は。哀れなこそ泥をこのような目におあわせになるとは』

最後まで言い切らないうちに、頭全体が長靴の底で潰れた。ドース男爵が重い靴を怪物の頭に乗せ、何度も踏みにじっていた。

まだ立っていた下半身が釣り合いを失ってゆっくりと倒れ、さらなる青黒い血液と、人ならぬ内臓を床にまき散らした。

ブロンによって後ろに追いやられていたリギアは真っ青になって口を押さえていたが、目をそらそうとはしていなかった。兵士のひとりは朋輩の血をとめようと努力しながら、とどめようもなくげえげえと吐いていた。

ドース男爵はじめ、師団長とブロンはさすがに平静を保っていたが、白く変わった顔とひきつる頬に、どうしようもない混乱が現れていた。

「どういうことなのです」

唾を何度か飲み込んでから、ようやくブロンが言った。

「この男は最初から——最初から、本物の蛇人間だったということですか。人間に化けて、このワルド城に入り込むよう仕掛けたと」

「いえ。そうではありません」

術の反動で壁に背を預けていたヴァレリウスがよろよろと近づいてきた。四つに斬り裂かれた生き物の死骸を袖で鼻を覆いながら見下ろす。

「この男が変身する間際、私の精神の探り糸に異物が触れました。覚えのある衝撃です。あれは、キタイの魔道だ。竜王の手の者のしわざです」

リギアが大きく息を吸い込んだ。ブロンも。

「おそらく、蛇団を名乗る男たちは、集められた時点でこのような変異を起こす魔道を体内に仕込まれていたのでしょう」

疲れた口調でヴァレリウスは言った。

「皆様もお聞きでしたでしょうが、このイアムのケイドという男は、もとはただの小悪党であったことは間違いないようです。それが、自分に声をかけてきた相手も覚えておらず、これという理由もないのに蛇の扮装をした。しかも、もっと実りの多いほかの人里を通り過ぎて、わざわざこのワルドまで来て、小悪党に似合わぬ凶悪な非道を働いた。それも、われわれパロの逃亡者がここに身を寄せているがために」

「最後のひとことふたことは、確かに、普通のこそ泥がしゃべっているようではありませんでしたね」ブロンが呟いた。

「さよう。おそらく、彼、かつ蛇団の者どもを集めて術をかけ、こうした変身を起こすように仕組んだ魔道師が、この男を通じてしゃべっていたのでしょう。われわれを嘲弄《ちょうろう》するために」

「変身の魔道は長い間かかる」

リギアが青い顔で言った。

「パロで起こったのと同じことをまたここでも起こす気でいたの？　もし騎士団があの

盗賊団を全員、あるいは数人でも逮捕して、審判を行うまで地下牢にでも収監していたとしたら……」

「こういう怪物が城内にあふれることになったでしょうな。竜頭兵ほど強力ではないようだが」

じわじわと青黒い泥が石の床に広がっていく。怪物の肉体は急速に崩壊し、胸の悪くなる色彩の入り交じった、べとついた腐肉の堆積になろうとしていた。

「だが、アッシャが蛇団のほとんどを焼きつくしてしまったために、そのような事態にはならなかった」

幸か不幸か、とはブロンは言わなかったが、誰もが空に漂ったその言葉を聞き取った。

ヴァレリウスは顔をそむけた。

(あの声だ。あの時も俺に呼びかけてきた、あの、声)

パロのクリスタル城から投げ出された時。逃亡の旅の途上、パロの市民のなきがらを冒瀆的ななれの果てにして送り込んできたあの時。執拗に耳もとで誘惑の言葉を並べ、かつての主君のもとへ還れとしつこく勧誘してきた、あのキタイの魔道師。

カル・ハン。

「ほかにも生き残りがいないかどうか、徹底的に周囲を捜索させてください」

重い心を振り払って、ヴァレリウスはドース男爵に言った。

「このような危険な魔道を抱えた人間を野放しにしておくことはできない。もう一度山狩りを行い、怪しい者は徹底的に監査するのです。ただし、城へ連れてきてはいけない。もし見つかれば、私がそこまで出向いて、魔道のあるなしを確かめます。もし何かが仕掛けられていれば、それが発動する前に、可哀想だが殺すしかない」

「それがせめてもの情けだと私は考えますよ」

エレネイ師団長は蒼白な顔で言い、なんとか応急手当を終えた部下が、重傷の朋輩をかついでよろよろと出て行くのを見守った。

「今だから正直に申し上げますが、ブロンやほかのパロ駐留部隊の者たちの報告には、いささか半信半疑だったのです。申し訳ない、ブロン、貴殿が嘘のつけない男だというのはわかっているのだが」

ブロンが多少むっとした顔をしたのを元気のない笑みで応え、

「しかし、実際にこのような変化《へんげ》の妖異を見せつけられますと、もはや信じざるを得ない。キタイの竜王とやら、容易ならぬ敵だということが身にしみた。私は騎士として、剣をとって戦うことには慣れているが、このような怪異を操る相手には慣れていないのだ」

「いずれにせよ、捜索隊は出す」

ドース男爵は静かに言った。

「魔道にかかっていようとなかろうと、悪行を働いた者を逃がしておくわけにはいかぬ。ヴァレリウス殿、部隊を編成したら、あなたも加わってはいただけぬか。いちいち呼び出すよりもそのほうが早かろう。このような力に対抗できるのは、ここではあなたしかおられぬ」

一礼し、ヴァレリウスが応えようとしたとき、腐泥の山がごぼりと沸き立って、瘴気《しょうき》の泡があざけるようにひとつの言葉を形作った。

『もう遅い』

一同が凝然と動きを止めたとき、城のどこかからおびただしい悲鳴や泣き声、物の壊れるはげしい音、石壁の崩れ落ちるがらがらという地響きが半地下の部屋をゆさぶった。

「なんだ！　なにが起こった！」

ドース男爵が叫ぶ。エレネイ師団長はさっと身を翻し、通路を端まで駆けて、地上に通ずる階段から大声で叫んだ。いくつかの混乱した叫び声や怒鳴り声がこだましてきた。そして、大きな叫び声がとどろいた。

「師団長殿！」ブロンが怒鳴り、剣を下げたまま通路に飛び出した。つづいてリギアも飛び出し、小さく悲鳴を上げた。

通路の端、地上にあがるための短い階段の上の入り口から、真っ黒な毛の生えた長大な槍のようなものが突き出ていた。

　それはエレネイ師団長の胴体を貫き、勝ち誇ったように宙にかかげていた。師団長はまだ生きており、苦痛に顔をゆがめながらも、手にした剣を必死に自分を縫いとめた黒い槍に叩きつけている。

　ようやく槍が折れ、師団長は自分の血に染みながら落下して、床上に丸まった。

「いけない、リギア殿！」

　リギアが飛び出すのを見てブロンが手を伸ばしたが、リギアはそれより早くエレネイ師団長のもとに駆けつけていた。

　穴のあいた腹をかかえて脂汗を流す師団長を腕にかかえ、修練に使っていた細剣を抜く。さしあげた切っ先は重さにわずかに震えていた。

「いらっしゃい、化け物」

　だが、冷ややかな声はまさにパロの女聖騎士伯のものだった。

「これ以上の狼藉をこの城の人に働くなら、あたしが相手になる」

　だが、次の句をリギアは告げることができなかった。

　黒い槍はするすると引っ込んでいき、かわりに妙に膨らんだ巨大な胴体と、おそらくは頭部であろうと思われる蜘蛛めいたでこぼこの頭部がこちらを見た。

　リギアは小さく喉を鳴らした。

　それは娘の顔――もとは人間の娘の顔だったものだった。今は黒と黄色の棘《とげ》のような毛にいちめん覆われ、つやつやした長い髪だけがかつての面影を残して長く垂れ下がっている。

槍のように見えたのは膨らんだ腹と胸部を支える十本の複関節の脚。体高はもっとも大柄な荷馬の二倍も高い。

胴体の細くなった部分に顔だけがはめ込まれている。顎が上に、額が下になり、口は頭にできた傷のように額を真っ二つに割り、目は緑玉《りょくぎょく》を集めたモザイクめいた球面の複眼が顎だったところに六つ集まっている。

『コロシテヤル』

上下逆さまのまま、娘だった顔は聞くに堪えない狂笑を放った。

『ミンナミンナ、コロシテヤル。コロシテヤル』

3

澄んだ高い音が暗い地下室に響きわたった。

アッシャは想念の泡を破られてびくっと起き直った。

彼女は日課のうちルーンの書き取りと素読を終え、続いて重要な訓練のひとつである瞑想と呼吸の訓練に移ったところだった。移った――移ってからどれくらい経ったのだろう？　ヴァレリウスに提示された瞑想の課題には長い旅路にも似たいくつもの道筋と通過点があり、それらを毎日忠実にたどり直すことで、精神と身体を自分の意に従わせる練習をするのだ。

それには極度の精神集中と自己への埋没が要求される。アッシャは目をこすり、くっついていた目やにを落とした。思い出したように背中と腕が痛み始める。たこだらけの指はすっかり固くなり、もう皮がむけることもない。結界に守られた暗い地下室にはわずかな明かりがともり、いつも通り、獣脂の蠟燭がかすかに黒い煙をあげている。

部屋の隅には書き取りの練習のための書字板が積み上げてあった。山の下に鉄筆が転がっている。終わってから、書字板といっしょに重ねておいたものだ。これが床に落ちて音をたて、瞑想を邪魔したらしい。

原因はわかったが、ひどく落ち着かない気分だった。アッシャは組んでいた脚をほどいてそろそろと立ち上がり、顔をしかめた。背中がボキボキと音を立て、脚は別人のもののようにしびれきっている。ヴァレリウスに命じられた境地にはまだまだほど遠い証だった。

脚を引きずりながら鉄筆のところまで行って、つまみあげる。先は鋭くとがらせてあり、胴体は四角くてところどころ錆をふいている。ためつすがめつし、どうしてこれが書字板から落ちたのか考えた。

自分はこれを板の上にしっかり載せたはずで、転がるような形でもない。まさに、今起こったような邪魔な騒音を立てないように、勝手に動きでもしないかぎり落ちない位置にきちんと置いたはずだ。

アッシャは鉄筆を明かりにかかげ、すかし見た。すっかり指になじんだ重みとざらついた錆びた金属の感触が快い。

「何なの」

相手が生きた相棒でもあるかのようにアッシャは尋ねた。ヴァレリウスと話すとき以外ほとんど使わない喉はしわがれ、ひどく聞き慣れないものに感じた。

「何かあったの。あんた、なんだってあたしの邪魔をしたのよ」

その時、アッシャははっと頭をあげた。

頭上から、常人ではまず感じないであろう、ごくかすかな振動が伝わってきた。アッシャとて、普段は見過ごしていただろう。だが、瞑想によって研ぎ澄まされた意識が、ほんのわずかなエーテルの振動をとらえた。

「何」

アッシャは呟き、鉄筆を取り落として壁際に走った。床にぶつかった鉄筆がチャリンと鳴る。ヴァレリウスはいつも、あの壁の彫刻のあるあたりから姿を表して、食べ物や水を運び、修練の進捗《しんちょく》を確かめて、新しい課題を置いていくのだ。

「お師匠！」

拳をかためてアッシャは壁をどんどん叩いた。

「お師匠！　どうしたの？　なにかあったの？　空気が騒がしい。何かが起こってる。お師匠！　ねえ、お師匠ってば！」

変化はなかった。ヴァレリウスがいつも扉のようにくぐり抜けて入ってくる石組みはやはり石のままで、冷たくアッシャを拒絶した。

また頭の芯をつかんで揺さぶられるような感覚が走り、アッシャは呻いた。両耳を押さえてよろよろと後ずさる。

「これ」

急速な吐き気に襲われながらアッシャは呟いた。見開いた目は床に向いているが、見ているものはまったく違った。「これ――」

身体ががくがくと震えだし、鼓膜が錐《きり》で突き刺されるように痛んだ。痛みは声となり、形となってアッシャの心臓を貫いた。

『コロシテヤル』

断片的な映像が視界を飛び交う。赤い血、青い炎、白くひらめく稲妻、黒、それから黄色、緑……緑色の石を寄せ集めたような、人のものではない目。複眼。それが六つ。黒い毛に覆われたたくさんの脚。したたる血と肉。狂笑。垂れ下がる長い髪――栗色の。

『コロシテヤル』

アッシャは石壁に額を押しつけた。脳髄が焼け火箸でかき回される。立っていられず膝をつく。自然に歯を食いしばっており、奥歯がぎりぎり鳴った。かたくつぶった目がえぐられるようだ。

「駄目」

額をぐいぐい石に押し当てて祈るように呻く。

「ああ、駄目、駄目。いけない。やめて。そんなことしちゃいけない。あんた、そんなことしちゃいけないんだ」

『コロシテヤル』

声は悪意の黒い毒となってアッシャに降り注いだ。

『ミンナ、ミンナ、コロシテヤル。コロシテヤル。コロシテヤル』

「槍構え！」

騎士の号令にあわせて、平兵士たちが槍の横隊を作って構えをとる。

「突け！」

わっと飛びかかった兵たちは長い槍をあやつって怪物の膨れ上がった腹部を突き刺そうとする。何本かは入り乱れる脚をかいくぐり、胴体に届いたが、そこで固い甲殻に出会ってむなしく跳ね返された。近づきすぎた数人が槍ごとからめとられて宙に舞い、石畳に叩きつけられる。

「体節を狙うのだ、甲羅の継ぎ目を突け！」

怒号と悲鳴を圧して号令が響きわたる。下働きの女や男たち、少年たちは一階から離れて城壁に集まるようにと別の声が怒鳴っていた。あちこちで籠や着物をかかえた女や男たちが悲鳴をあげて走り回っている。城壁の上では煮え立つ油と大釜が転がし出され、怪物が近づいてきたら浴びせかける用意が調いつつあった。

「弓隊、斉射！　弩弓隊、準備はいいか！　引け！」

回廊の二階や屋根、胸壁の上などに陣取った弓兵が一斉に矢を射かける。怪物はぱらぱらと当たる矢に苛立ったうなり声をあげ、脚の一本をのばして道具小屋の上に並んだ一隊をなぎ払った。

死の鎌が一息に六人の兵士の胴体を斬りとばし、その場に血と肉をぶちまけた。屋根から流れ落ちてきた血と臓物に、子山羊を抱いて逃げようとしていた男が腰を抜かしてうずくまる。

「早く、こっちへ！」

歯の根もあわずに、魂の抜けた顔をしている男を引きずり起こしたのはブロンだった。子鴨をかり集める親鳥のように、両腕を広げて数人の男女を集め、まだふさがっていない階段のほうへひっぱっていく。

そこにはほかにも人がいて、お互いにしがみつきあって今にも吐きそうな顔をしていた。リギアとマリウスもいる。リギアはひどく色青ざめてほとんど骸骨のよう、マリウスは肌着の上にマントを巻き付けただけの姿で、楽想を書き留めた紙を虎の子のようにつかみ、ひきつった顔で、それでも阿鼻叫喚の戦いの様子を見逃すまいと、必死に首を伸ばしている。

「早く、皆、上へ」

強い口調でブロンは言い、ぐんにゃりした男をリギアに渡して、両肩で押し上げるように階上へとうながした。

「われわれはここであの……怪物を足止めします。あなた方は城壁づたいに、北の高棟のほうへ逃げていてください。あいつは素早いが、図体が大きい。あちらへの狭い斜面を登るには暇がかかるでしょう。その間にしとめます。事態が収まるまでけっして降りてきてはいけない、いいですね。いえ、駄目です、リギア殿」

リギアが口を開きかけたのに先だって、ブロンは遮った。

「あなたはまだ体力も技術も元にもどってはおられない。ご自分でよくおわかりでしょう。こんな戦いに堪えられる身体ではない。それよりも彼らを導き、戦闘が終わるまで落ち着かせておいてください。騎士として、民を守ることもまた聖なる義務のはずですよ。あなたもです、アル・ディーン殿下」

リギアは唇をかんでうつむいた。マリウスはブロンに上へと押しやられながら、それでも戦いの帰趨《きすう》を見届けようとじたばたしている。

「あなたがもし亡くなられたら、どなたがパロの王座を奪回するのです。ご自身がいまやパロ正統の唯一の跡継ぎであることをお忘れか。ここで魔道の怪物にあなたが襲われ、命を落とされたら、われわれワルドの騎士はグイン陛下にどう申し開きをすればよいのです」

「だってヴァレリウスは戦ってるじゃないか」

マリウスは多少言葉につまったが、口をとがらせてそう言い返した。

「ヴァレリウスだってパロの宰相なのに、なんであいつはいいのさ。僕だって何が起こったのか知りたいんだ」

「あの方は魔道師です。魔道を相手にするには、魔道師の力を借りるしかない」

ぴしゃりとブロンは言い、さらにもう一歩マリウスを上へと押し上げた。

「さあ、お早く。私は戦いに加わらねばなりません。ヴァレリウス殿がひとりで奮闘しておられる。私も行って、援護してさしあげねば」

マリウスはまたも何か抗議しようとしたが、リギアが後ろからひっぱたいて黙らせた。

「わかったわ。この人たちを北壁へ連れて行けばいいのね。あれの……相手はひとまず任せるわ、ブロン殿。どじを踏むんじゃないわよ」

「おや、洒落た言い回しをご存知でいらっしゃる」

ブロンは笑い、明らかに期待されている唇にすばやく軽い口づけをすると、首根っこをつかまれて引きずりあげられていくマリウスを困った子供を見る目で見送った。

「待ってよ！　ひどいよ、いったいどうなってるのか教えてくれたっていいじゃないか、あいつは竜頭兵の仲間なのかい？　またキタイのだれそれが送り込んできたの？　説明しておくれよ、ねえったら！」

「イレーネが」

だだっ子のように手足をばたつかせるマリウスのそばで、うつろな目をして老人が呟いていた。

「イレーネが。まさか、そんなことが。あの可哀想な娘。あの可哀想なイレーネが。おお、天よ、グイン王のおられるこの地にそんなことが」

リギアは苦痛に満ちた目で老人を見やった。

それから顔をそむけ、マリウスの頭をもう一度平手でひっぱたくと、あとは振り返らずに、全員をせきたてて階段をあがっていった。ブロンは安堵の息をつき、身を翻した。

すでにそこには戦士の厳しい表情があった。数段の段差を一息に飛び降り、攻防の行われている場に出る。強い風が渦巻き、兜からはみ出た髪を乱した。押さえつけるようになで上げ、ぐいと目庇《まびさし》を引き下ろす。剣を引き抜き、風の渦巻く大元へと突進する。

「ヴァレリウス殿！　状況は」

ヴァレリウスは歯を食いしばったまま、ぐいと顎で一方向を示した。言われるままに目をやったブロンの顔がさらに厳しくなった。

魔道師の全身から渦巻く暴風が怪物の巨体をとりまき、竜巻の中心部に閉じこめているが、剃刀のごとき鋭さをもった疾風の渦も、その黒光りする甲殻には一片の傷もつけられていない。いや、つけてはいるのだが、その傷は肉まで達しないうちにみるみる癒え、さらにおぞましい棘や毒を持った毛がざわざわと生えてくるのだ。

「炎を放ちたいが、ここでは周囲の人々を巻き込むことになる」

絞り出すようにヴァレリウスが言った。

「とりあえず動きは止めている。兵士たちを待避させてほしい――というところだが、そう一気にはいくまいな」

「当然です」

身を低くしながらブロンは応じた。

「敵を前にしておめおめと退くケイロニア騎士などいはしません。あれは――あれは、やはり、そうなのですか？　あの、娘――」

言いよどんだブロンに、ヴァレリウスはぶっきらぼうに頷いた。表情を消した顔に、ちらりと悲痛の色がよぎった。

竜巻の中心であがき、金属を引っかくような声で聞くに堪えない言葉を吐き散らしているのは、怪物の体節にくっついている娘の顔――変形し、おぞましい形に変わっているが、まぎれもなくあの娘、焼かれた村の生き残りで、グインの馬にすがりついて呪いの言葉を叫んだあの少女のものに違いなかったのだ。

「蛇団のくわだてが失敗に終わったので、次の手を打ってきたというところだろう。彼女のうちに凝り固まった恨みと憎しみを道筋にして、魔力を流し込んだのだ。変身の魔道をな。哀れではあるが――」

いいさして、ヴァレリウスは口を引き結んだ。言いたいことはブロンも理解していた。怪物の侵攻によって破壊された城の翼が瓦礫《がれき》の山をなし、石の下からはまだ血がにじみだしている。まだ生きている負傷者を助け出すのも、危険すぎて難航している。すでに死傷者は数え切れないほどで、その中には、ほかならぬ娘と同じ村の人々さえ含まれていた。もはや彼女は人間ではない。排除すべき、竜王の送り込んだ魔物なのだ。命からがら逃げ出した人々の証言によって、多少の状況はわかっていた。グイン王の前で狂態を演じて以来、ほとんど昏睡状態に陥っていた娘は、静かな場所で休ませるがよかろうと、城の酒倉の近くの涼しい物置を片づけ、そこに寝床をしつらえて休ませられていた。

異変が起こったのはつい先ほどだった。娘の様子を見、ついでに冷たい飲み物でも届けてやろうと部屋を覗いた女が、とつぜんたまぎるような悲鳴をあげたかと思うと、天井にまで吹き飛ばされたのだ。

驚いて飛び出してきた人々が目にしたのは、ずたずたに引き裂かれた女の原形をとどめない死骸と、黒い多関節の脚を林のように立てた巨大な蜘蛛めいたものが、死骸の上にのしかかってがつがつと何かを喰らっているさまだった。彼らが絶叫すると、怪物は折り畳んでいた脚を動かしてそちらを向いた。血まみれの顔に、女の死骸から引きちぎった肉片をだらりと垂らしたその形相に、ふたたび彼らは絶叫した。

殺戮が始まった。そして破壊が。

怪物は敏捷に人々に飛びかかり、当たるが幸いその鋭い脚と牙でかつての同郷の人々の心臓を刺し貫き、引き裂いて喰らった。はじめ雄牛ほどだった身体はみるみるうちに成長し、ついに天井がはじけとんだ。黄色の毛と黒い装甲に覆われた怪物は咆吼し、もうもうとあがる土煙のうちで身をゆすった。高々と持ち上げられた胴体の真ん中で緑の複眼がきらめき、駆けつけてくる城の人々の動きをとらえたのだった。

怪物がとどろくような声をあげて吠えた。ヴァレリウスがちっと舌を鳴らした。ばらばらに動いていた脚の群れが数本まとまって持ち上がり、竜巻を圧し破って外に出たのだ。

ヴァレリウスは組んだ印を前につきだし、呪縛の言葉を声高に叫んだ。だが、魔力は形を取る前に青白い光の破片となって砕けた。竜巻が息切れしたように一吹きしてやみ、怪物の巨体がゆっくりと揺れながら前に出てきた。

「また大きくなっている」

ブロンが呻いた。ヴァレリウスは黙してさらなる呪文を頭の中に探っていた。また相手が動き出したのを見て、取り囲んで機をうかがっていたワルドの兵たちがばらばらと寄せかかる。

「火矢放て！」

すでに胸壁の三層にまで届くほどに成長している怪物にむかって下知が飛ぶ。ただの矢では通じない堅牢な甲羅の上に、油を含ませた火矢が炎の雨となって降りかかる。毒を持つ毛が焦げてすさまじい悪臭を放ち、怪物は金属的なわめき声をあげて暴れた。振り回される脚と揺れ動く巨体が、ぶつかった物をあたりかまわず踏みつぶしていく。

「さがれ！　脚に注意しろ、巻き込まれるな！　槍二番隊、三番隊用意！　弩弓隊、第二射はまだか！」

「私も槍がほしいところだ」

ブロンは呟いた。

ヴァレリウスが複雑で異様な一連の呪文を完成させて放った。見えない空気の拳がすさまじい勢いで怪物の背中を殴りつけた。焼けた身体の各部から黒煙をたて、唸りながら動きだそうとしていた怪物はその場にまた押さえつけられ、叩きつけられた昆虫のように平たくなった。

だが死んではいない。潰れてもいない。甲殻にはやはり罅《ひび》一つなく、怒り狂った咆吼がさらに激しさを増す。脚の群れがじたばたと動き、なんとかこのいましめから這いだそうとあがく。

ヴァレリウスはひそかに戦慄した。ほとんどどんなものでも一撃で圧殺してしまうはずの強力な呪文を、この生き物はただ重いもので押さえつけられた程度にしか感じないというのか。

怪物が身を低くしたので、それが残してきた破壊の跡がヴァレリウスたちからもよく見えるようになった。

はじめ入れられていた物置周辺の建物を徹底的に踏みつぶし、逃げ遅れた人々を次々と引き裂いて喰らいつくすと、怪物は周囲のものを破壊しながら城の本丸めざして移動し始めた。

葡萄酒倉とその周辺は完全に壊滅、避難民たちが身を寄せていた棟はほとんど倒壊。怪物はさらにそこからいくつかの壁を突き破り、出会うもの出会うものすべて踏みつぶし皆殺しにしながら、血と瓦礫のあとをひいて、この本丸近くの馬場にまで侵攻してきた。

通廊を破壊してこの馬場に進入してきた周辺にも、いくつもの鮮血の跡がぶちまけられている。途中でなんとか留めようと無謀な突撃を試みた兵士、あるいは単に驚愕と恐怖で動けなくなった者が犠牲になったあとだ。

家畜もほとんどが死に、こちらは食われもしないまま、ばらばらにされ内臓を引きずり出されて放置されている。ヴァレリウスの位置からも、首を引きちぎられた牛や羊、むきだしの腸からまだ湯気をあげている馬の死骸が散らばっているのが見て取れた。

（あらゆる生命を呪っているかのようだ）

ヴァレリウスは思った。いや、違う。

彼女は人間を呪っている。自分の家族を、村を殺し、正当な復讐さえ拒んだ人間たちに、自ら復讐しようとしているのだ。だからこそ家畜は殺すだけですますが、人間はそれだけではすましていない。人間は喰らわなければならない――彼女の正義のために――死よりも恐ろしい運命を味わわせなければならない、楽にただ死なせるのではなく。

ドース男爵とエレネイ師団長が蛇団の生き残りの秘密裏な尋問にあたっていたため、報告が遅れたのがあだとなった。エレネイ師団長は腹部への重傷で倒れ、上階へ運ばれて手当を受けている。ドース男爵は別経路で地下からあがり、今は安全、かつ指令を出すのに適した南棟の最上部へと向かっているところだ。

魔道師の視界が通常の視界に重なる。世界が地獄の色彩に包まれている。ひときわ昏《くら》く、そしておぞましいながらに目を牽《ひ》きつけてやまない炎の山、絶えず脈動する力の噴水、それが眼前の怪物だ。

クリスタルに出現した竜頭兵はじっくりと時間をかけられて仕込まれたために、ある程度この世界の魔道にも馴染んでいた。だからこそ魔道師ギルドの大勢の優れた魔道師たちでさえ、異変に気づかなかった。道中で襲ってきた市民の死体を材料にした化け物も、ほぼ同系統といえる。

だが、憎悪と憤怒を釣り糸に、生きたまま短時間に変異させられた娘は、世界にあいた巨大な傷口だった。常人の眼で見るそれは、黒い棘と毒々しい黄色の毛に覆われた、とてつもなく巨大な蜘蛛めいた化け物なのだろう。だが魔道師の眼で見るそれは、ヤーンの手で織られる世界という名の綴れ織りに開いた大きな裂け目に他ならない。この世に本来存在しない、燃えさかる異界の力の活動が本質なのだ。その向こう側には未知の深淵が、打ち身のような不気味な紫と黄色の色彩を見せて蠢いている。

裂け目からはいまだ猛烈な異界の力の渦がこぼれ落ち、目もくらむような暗黒の火花――反‐光とでもいうべき闇の閃光が休みなくまたたいている。ときおり魔道師の眼をとじて通常の視界に戻らなければ、あまりの強烈さに意識をさらっていかれそうになる。

ヴァレリウスは自分が放った魔道の力が異界のまたたく闇に近づき、触れ、消し飛ぶのを絶望の眼でとらえた。いくらかは目標の表面ではじけているが、ヴァレリウスが放つのに払った魔力に比すれば情けないほど小さい。ほとんどの力は、異界の魔道とぶつかった瞬間に、相手の根本的な異質さによってうち消されてしまうのだ。

「ヴァレリウス殿、竜頭兵にしたように、炎を放つことはできないのですか。もっと大きな炎を」

ブロンの切迫した声が聞こえる。ヴァレリウスは心の奥底から新たな魔力を引き出しながらも、かすかに頭を振った。

キタイの竜王の操る魔道、その恐ろしさは、強力さでも残酷さでもなく、異質さそのものにあるのだと彼は思い知った。

グインの持つような、存在の実質そのものに根ざす根源的な力《パワー》であれば、あの力に対抗することもできるだろう。あるいは大魔道師と呼ばれる、いくつもの世界を軽々と渡り歩けるような人々なら。

だが、ヴァレリウスの学んできた、そして一般の魔道師たちが育んできたような魔道は、あくまでこの世界の中にとどまるもの、世界の理を利用して、そこにいささかの干渉を加えることができるものにすぎない。既知の世界に属していないものに対しては、情けないほど無力だ。その事実を、ヴァレリウスはこれでもかというほどに見せつけられていた。

「あれを空中に放りあげられないかどうかやってみる――周囲の兵に被害が及ばないよう」

胸が破れるほど心臓がのたうつのを感じながら、ヴァレリウスはなんとか声を絞り出した。

「本体を私の力でどうにかするのは難しい――宙に放りあげたところで、固定するので、一斉に攻撃を――火矢、弩弓――物理的な攻撃のほうが、まだしも――基盤に娘の物理的な肉体を保持している以上、物理的な干渉からはあれも逃れられない――はず――……」

ブロンがうなずき、大声で兵たちに何かを伝えた。槍や剣をかまえた兵が波をうって後退する。ヴァレリウスは長く息を吸い、額が割れるほどの念を込めて、全身から流れ出る魔力の奔流に身を任せた。

槍兵の一小隊を踏みつぶし、血の海に浮いた死骸をがつがつと喰らっていた怪物は、ふと何か気障りなものに触れたというように頭をあげた。膨らんだ腹が反りかえり、娘の顔にはめ込まれた緑の六つの複眼が血色の光を帯びてぎらりときらめく。

ヴァレリウスは眼を閉じ、代わりに魔道師の視界をいっぱいに開いた。たちまち脳の中が光と反‐光のすさまじい争闘によって埋め尽くされる。

脳味噌が頭蓋骨の中で沸騰する。耳から煮えたぎる油が流れ出るようだ。呻きながらも自らの放つ魔力の糸を見極め、ぬるぬると蠢く異界の昏い力の渦の隙間をぬって、変異しながらもこの世に存在を続けている基盤である、娘の物理的肉体――ヴァレリウスの力が及ぶ範囲に相手をとどめている、頼りないよすが――を探って、それをからめ取る。

泥の中に落ちた麻の種ひとつをつまみ上げるのにも似た作業だった。しかもその種は、ワルドにユラ、ボアにウル、ウィレンやラトナレンからドラス連山まで、中原の山という山、岩という岩を積み重ねたよりも、はるかに重い。

ヴァレリウスの喉から長い呻き声が漏れた。とどめようもなく魔力が流出していく。

異界の力が燃えさかる炎となってヴァレリウスの魔力を喰らいつくしていく。

自分自身を切り刻んで煮て、糸にして繰り出していくにも似た責め苦だった。しかも繰り出す端から糸は焼かれ、ちりぢりになって消えていくのだ。それでもヴァレリウスはひたすら一粒の麻の種をめざしてねばつく熱い泥の中を探った。

永遠にも似た苦闘が続いた。ブロンが必死に何か叫んでいる。ヴァレリウスが死人のように見えているのだろう。さほど遠い比喩ではない。今しばらくこの苦闘が続けばヴァレリウスは自分自身を魔力として消費しきって死ぬだろう――そう、灼ける意識の端でちらりと思った瞬間、ほんのわずかな手応えが、繰り出した魔力の糸先に触れた。

ヴァレリウスはかっと眼を開いた。

一気に視界がもどる。兵の槍穂に囲まれ、瓦礫と死体を踏みつける怪物の蜘蛛めいた身体が、妙な感じにびくっとひきつった。

そのまま、じわじわと宙に浮き上がっていく。周囲から大きなどよめきが漏れた。怪物はそこだけ時間を留められたようにびくりともせず、不自然な姿勢で脚をあげ、頭を振り立てかけた姿勢のまま停止している。

ヴァレリウスはまた魔道師の視界に切り替え、自分の放った魔力の糸が、しっかりと娘の実体に巻き付いているのを確かめた。荒れ狂う異界の力が猛攻撃を加えているが、周囲に何重にも張り巡らした防御と、魔道自体がよって立つこの世の理を補強するための呪文が輪になって踊りまわり、なんとか糸を切られることを防いでいる。

「弓隊、弩弓隊、集結！　全員構え！」

張りのある声がびんと轟いた。ドース男爵のがっしりした黒い姿が、南棟の屋上に現れていた。周囲に鎧姿の騎士たちが群れ、さらなる指示を声高に告げる。

男爵自身も古そうな大弩弓を手にし、矢弾をこめ、胸の前に掲げ持っている。後退していたワルドの兵たちが武器を取り直し、ぐんぐん上昇していく凍りついた怪物を見上げる形で円を作る。胸壁や塔の上に陣取った兵たちも手に手に油をしませた槍やたいまつを掲げ、いざとなれば総攻撃に加われるよう態勢を整える。

ヴァレリウスは自分の薄い唇が微笑していることに気づいて驚いた。まさかこの状況で、そんなことができるとは思ってもいなかったのだ。

結局俺は魔道師か、とちらりと考えた。きわめて困難な魔道の課題をやりこなしたときの達成感、まったく理解不能に見えた異様な問題がとつぜん解けた時の身体に光が溢れるような感覚、そんなものは長い間味わっていなかった。

待て、相手は哀れな娘なのだ、と良心がかすかな声でささやく。

竜王の邪悪な魔道にゆがめられた人間なのだ、また、この城の多くの人の命がこの細腕にかかっているのだ、笑っていられる場合か――

（ご無理をなさる必要はございませんよ）

不意に首のどこかがひきつった。

魔道師の視界に渦巻く反-光の昏い糸の隙間から、ほくそえむような思念がヴァレリウスの心にそっと寄り添ってきた。

（あなたは本当はこういうことが大好きでいらっしゃるはずです。相手が人間かどうかなど関係ありません。いまいましい凡人どもの面倒を見るなどという些事にはもううんざりでいらっしゃる。あなたがなさるべきは本来こういうことなのです。一心に自らの力を磨き、真理を追究し、有象無象など打ち捨ててただご自分の限界を試される……）

黙れ。俺の心から出て行け。

（あなたの心を誰よりもご存じの方がいらっしゃいます）

ヴァレリウスは娘をとらえた魔力を保持したままその思念を懸命に追い払おうとしたが、思念は細くゆらゆらと逃げ、風にふかれる蜘蛛の糸の一筋になってねっとりとまとわりついた。

（その方の元へ参じれば、お望みはすべてかないましょう。あなたにとって今はただ不可解なもの、異常なものと見えるかの異界の力すら、あなたにとって新たに開かれた可能性の扉と変わるのです。なんと広大な、未知の地平が見いだされることか！　過去に大魔道師と呼ばれた老人たちでさえ知り得なかった秘密が、すべてあなたの思うままになるのです。あなたは誰よりも偉大な魔道師にして賢者、魔道師を超えた超魔道師として、あらゆる星々のあいだに名を轟かすことでしょう。しかもそれは、いまあなたがご存じの星々だけではないのです……）

突然、ヴァレリウスの眼前に巨大な闇が広がった。じょうごのむこうの世界——知っていながら手の届かない世界、人間の貧弱な頭脳では到達し得ない深遠な知識の世界。それらがなまめかしい女のように手招きしていた。ひるがえる闇の裳裾《もすそ》からまたたき、流し目を送り、白い指先やふくらはぎや紅にいろどった爪に相当する魅力をちらちらと見せて、いっせいにヴァレリウスに秋波《しゅうは》を送る。

竜人族。グイン。〈調整者〉。古代機械。カイサール。そうした謎はすべて過去のものとなり、秘密は解き明かされ、もはや閉ざされた扉など存在しなくなると歌いかける。人間の脳髄などというくだらぬ限界を超え、無限の知識の宇宙をどこまでも飛翔しようと、輝く羽衣を見せて呼びかけてくる。

「やめろ！」

堪えきれずにヴァレリウスは叫んで手を振り回した。身体がぐらりと傾き、ブロンが「ヴァレリウス殿」と叫んで腕で支えた。

空中で凍りついていた大蜘蛛の怪物がびくりと動いた。

ヴァレリウスはブロンの腕の中で夢中にもがき、放してしまった糸を取り直そうとしたが、もう遅かった。指先で魔力の糸はちりぢりにほどけ、あっという間に異界の反-

光の渦に飲み込まれてしまった。頭上で必死にブロンが名を呼んでいる。

怪物は身震いし、空中に浮いたまま、くわっと口を開いた。

瞬間、口のみならず、怪物の全身から銀色に光る糸が噴出した。魔力の糸ではなく、鋼糸《こうし》の強さと鋭さを持つ実体のある糸だった。逃げる暇のなかった兵士たちの頭上に、死の雨が降り注いだ。降り注ぐ針のような糸の雨は鎧甲を貫き、三分の一ちかくの兵士をその場で即死させた。

かろうじて直撃を逃れた兵士たちにも、糸の雨は襲いかかった。独自の生命をそなえているかのように人を追いかけ、巻き取り、その場に釘付けにする。銀の糸を巻いた人間大の紡錘が重い音をたてて倒れる。灼けた鋼糸のように食い込み灼きつく魔性の糸に半分以上うずもれ、身も世もなく悲鳴をあげてむなしく手を振っているものもいる。

「待避！　待避！」

どうやら被害は逃れたらしいドース男爵の号令がむなしく響く。蜘蛛は今や自分の吐いた糸の巣に立ち、狂った笑いに唇を裂いていた。号令に従って屋内にさがろうとする部隊にきらめく複眼が向く。

巨体が宙を飛び、壁を走った。まさに蜘蛛の動きだった。獲物を見つけた蠅取り蜘蛛のように壁面を走り、兵士たちのいる胸壁にとりつく。

轟音を立てて壁が崩れた。とがった脚が、兵士たちの胴を縫い、胸を貫いて次々と外へ放り出す。

石くれに混じって、血まみれの身体がばらばらと庭に落ちてきた。大きく口を開いた壁面に頭をつっこみ、怪物は鮮血滴る獲物を引きずり出した。糸に巻き取られた被害者は弱々しくもがいているが、もはや意識はないようだ。

金属的な哄笑を響かせながら、真っ赤な唇が胴体を喰い切った。真っ二つになった肉体が鎧ごとどさりと落ちる。だらりと垂れた肉片を満足そうに噛む。血がどす黒い池を作っている。

「ヴァレリウス殿！」

ブロンが呼んでいる。だがもう力が入らない。肩をつかまれ、どこかへ引っ張っていかれようとしているが、脚が動かない。勝ち誇ったように空中の巣にうずくまり、嬉々として人肉を喰らっている娘の顔の巨大な雌蜘蛛――頭の中に声が響く。

（あなたは本当はこういうことが大好きでいらっしゃるはずです……）

違う。

違う。俺は。

「やめて！」

高い少女の声が大きく響いた。

ヴァレリウスはびくっとし、水をかぶった犬のように身を震わせた。

「アッシャ」

ブロンが首をまわし、ぎょっとして声を上げた。

「出てきてはいけない、さがれ、危険だ」

「やめて。そんなことしちゃいけない」

少女の耳にはなにも届いていなかった。やせた小さな顔はただ空中の雌蜘蛛にだけ向けられている。頬のうすい皮膚がぴんと張り、今にも破れそうに震えている。壁で身を支えながらよろよろと近づいてくる姿は、哀れなまでに小さかった。

「あんたは、そんなことしちゃいけない。そんなことしちゃ、いけないんだ」

4

これより、さかのぼること少し――

アッシャは師の張った結界のほころびを見つけようと懸命に戦っていた。さして広くはない地下室のすみずみに意識の指を走らせ、結界の構造を探る。そうした技法をヴァレリウスはまだ教えたわけではなかったが、彼女は本能的に、魔道師の感覚を使いこなすすべを知っていた。

あるいは外界から伝わってくる強烈な災いの気配が彼女の能力を倍加させていたかもしれない。魔道師として未熟な彼女はいかにも不安定で、感情に惑わされやすい。だが、その分、危険を関知する動物的な能力が抑制されずに働いていた。なおかつ、魔道師としての訓練がより鋭くすべての感覚を磨いてもいる。危機を察知して波打つ自らの魔力に押し出されるように、アッシャはほとんど意識すらせず、ヴァレリウスの織った結界をたぐり、その織り目を指の下に感じていた。

だが、だからといって結界がほどけるわけでもなかった。ヴァレリウスとて仮にも上級魔道師である。まだ初歩の訓練しか受けていないアッシャでは、熟練の魔道師であるヴァレリウスが、外部からも内部からもめったに出入りできぬよう、慎重に組み上げた結界の結び目を突けるわけもない。感じるのは緊密に結びあわされたなめらかな魔力の響きあいだけで、どこにも爪をつっこむ隙間すらなかった。

「あけて！　あけてよ、ねえ、お師匠！」

握り拳をぶつけて彼女は叫んだ。

「だれもいないの？　出して、出してよ！　あたし、あの子のところへいかなきゃ、あの子のところへ……」

空間が震え、また地上の阿鼻叫喚の断片が脳裏を飛び交う。時空そのものが引っ張られ、悲鳴をあげている。アッシャは両耳をふさいでその場にしゃがみ込んでしまいたい欲求と懸命に戦った。

今は弱気になっていられるときではない。人が死んでいる。殺されてはならない人たちが、殺してはならない人の手によって次々と死んでいく。生命がはじけて消えていく音がすぐそばに感じられるほどだった。アッシャはむなしく爪を石組につきたて、叫び声をあげてがむしゃらな魔力をぶつけた。

そして勢いよく後ろに弾き飛ばされて転がった。目の前に黒い点が飛び、打ちつけた腰が痛んだ。涙ぐんで身を起こすと、壁にかすかな火花が這い回り、沈黙するのが見えた。

当然だ。こうするように作られているのだ。もし何かのきっかけで、自分がまた暴走しても外へ出さないようにすること。アッシャの魔力をはじき、外へ漏れ出さないようにすること。他者を閉め出すよりもそのほうを優先するように作られた結界なのだ。いくら魔力をぶつけたところで、同じだけの力で跳ね返ってくる構造になっているに違いない。

嗚咽をのみこみ、アッシャはふたたび息を吸って、身体ごと壁にぶつかっていった。また跳ね返された。今度は前より激しく。電光が走り、目玉が飛び出そうになった。後ろで書字板の山がパチンと弾けて粉々になった。自分自身の魔力をまともに浴びて、アッシャはその場にへたりこんだままあえいだ。

あきらめて、このままここに籠もっていようかという気持ちがちらりと心をよぎった。結界が張ってあったのだから、出られなくったってしかたない──いいや。強く頭を振って払いのける。

あの子は、あたしが止めなきゃいけない。あの子にあんなことをさせちゃいけない。

あの子は──あの子は──

(あの子は、あたしみたいになっちゃいけないんだから)

反対側の壁際まで下がる。構造を見定めて正しい方法で解くやりかたを知らない以上、何度はじき返されても、力押しでおし通るしかアッシャには道はないのだ。何度も息を吸い、呼吸を整え、ヴァレリウスが出入り口に使っていたはずの場所に視線を据える。

もし通れる可能性があるならば、あの一点。通過の便宜のために、多少はほかよりゆるい構造になっているはず。堅固な壁に体当たりしても跳ね返されるだけだが、鍵のかかった扉になら、うまく勢いをつけて体当たりすれば、もしかしたら鍵がこわれて扉が開くかも。

ぶつけた腰や肩がずきずきするが、かまっていられない。アッシャはこれを最後と大きく息を吸うと、ここと見定めた一点に向かって、頭と肩に全力の魔力をこめて、つっこんでいった。

ふっと身体のゆらぐ感じがして、アッシャは暗い通路に倒れ込んだ。

空気が冷たい。風が変わった。起き上がり、啞然として後ろを見る。

背後にあるのは、ただ古い埃をかぶった石壁にすぎない。両手をあげて目の前で握って開いてみる。ちゃんと動く。肩と腰は痛むが、ほかはどこも痛くはない。

「出られた……」

自分でも信じられないまま呟く。まさか。こんなにあっさり出られるなんて。

アッシャの知らないことだったが、この瞬間、結界の張り手であるヴァレリウスは、地上で大きく魔力を乱していた。怪物をとらえて固定するのにほぼ全精力を傾けつくしていたのに加え、そこに吹き込まれたキタイの魔道師のささやきに、針の上に立つような均衡を激しく混乱させられたのである。

そのために固定されていた結界も多少の影響を受け、乱れた魔力のさざなみが、ほんの数瞬とはいえ結界のほころびを作り出した。それでもアッシャの魔力がなければ通り抜けられはしなかったろうが、異界の魔道との精神を吸い尽くすような対峙が、結界に供給される魔力にも影響を与えていたのは確かである。

しばし啞然と座り込んでいたアッシャだったが、やがて、地上からこだましてくる争いの物音に、はっと起き直った。

そうだ。こんなことしてる場合じゃない。

急いで立ち上がろうとしたが、膝から力が抜けた。ぺたんと座り込みそうになるのをあやうく支える。久方ぶりの外の空気が肌を冷やし、汗がみるみる冷たくなってくる。今さらのように身体ががたがた震えだした。寒いのだか怖いのだか疲れているのか、自分でもよくわからない。

だが、それでもいかねばならない。

ふらつきながら階段へと向かう。進むほどに、ぞっとするような悲鳴と破壊音と耳を突き刺す狂笑の声が近くなってくる。地上への長い階段を、這いずるようにしてあがる。修行用の体操くらいにしか使っていない脚は弱っていて、一歩あがるごとに腿と膝がぎしぎしいった。

さっと外の光がさした。まぶしさに眼をふさがれながら、壁を這うようにもたれつつ進み、物音のするほうへ向かう。消えていく生命と死の臭気。充満する魔力の気配に肌がびりびりする。

「やめて！」

無我夢中で叫んだ。誰かがぎょっとしたように名を呼ぶのが聞こえたが、アッシャはもうなにも見てはいなかった。見えているのは空中に張った巣にうずくまる巨大な雌蜘蛛、栗色の髪をなびかせる娘の顔をした、異界の力の渦巻き。

「やめて。あんたはそんなことしちゃいけない。そんなことしちゃ、いけないんだ」


ブロンがわめき声をあげて疾った。

ほぼ同時に、すさまじい咆吼をあげた大蜘蛛が糸の雨と鋭い脚の一撃を少女に向けた。少女の小さい身体がずたずたになる一歩手前で、騎士が横っ飛びに彼女をかかえて地に伏せる。糸と脚の突きはすぐ脇をかすめて古い塔の石壁を突き崩し、大量の石くれを飛び散らせた。

「何をしている、こんなところで！」

少女の頭を腕でかばいながら、ブロンは怒鳴った。

「どうやって出てきた？　ヴァレリウス殿はお前を安全なところに入れてきたとおっしゃっていたのに」

「あの子をとめなきゃ」

催眠にかかったようにアッシャは繰り返した。

「とめなきゃ。あの子はあんなことしちゃいけない。あたしみたいになっちゃいけない。いけないんだ。いけないのに」

舌打ちしてブロンは頭をあげ、少女をマントでくるんで、どこか手近に隠せるところはないかと見回した。頭上でまた蜘蛛が第二撃をくりだそうと狙っている。

「アッシャ」

しわがれ声が言った。ブロンは振り向き、半死半生といったていのヴァレリウスが、壁に手をついて身を支えながら、こちらに手招きをしているのに気づいた。

「その娘をこちらに連れてきてくれ、ブロン殿。どうやって出てきたのかわからんが、その詮議はあとでいい。今はあの蜘蛛をとめるのが先だ」

ブロンは迷った。彼にしてもまだアッシャに対する警戒心が晴れていたわけではなかったが、魔道のことに関しては、ヴァレリウスは正しいと信じるしかない。アッシャを教え、監督すると誓ったのはヴァレリウスである。

「グイン王よ、お守りを！」と呟き、少女をかかえてヴァレリウスのもとへと走る。蜘蛛の脚があとを追うように繰り出され、あやうく避けるたびごとに砂と石くれが兜に降りかかってくる。

ヴァレリウスの隣におろされた少女は、師の手に肩を触れられてはっと心づいたようだった。宙をさまよっていた瞳がヴァレリウスの顔にあたり、焦点を結ぶ。

「お師匠」

「アッシャ。お前は俺の道具だな」

いきなりヴァレリウスは言った。

アッシャは一瞬言葉につまったが、すぐに真剣な顔つきになり、しっかりとうなずいた。

「うん。あたしはお師匠の道具だ。どんな風にでも使ってくれていい。何をすればいいの」

「俺の言うとおりに動け」

ヴァレリウスは黒衣を広げ、ゆったりした袖の中に少女をくるみ込んだ。固い指と手のひらが両肩に食い込むのをアッシャは感じた。

「今から俺はお前の身体と魔力を使ってあの蜘蛛に対抗する。お前は心と意識を明け渡して、俺の誘導に従って魔力を流せ。俺自身の魔力だけでは異界の力を打ち消しきれない。お前の魔力は馴致されていないが、その分、なまの自然の力に近い。俺の力は訓練されているが、その分この世の理に縛られすぎている。お前の生命力そのものを使って、異界の力をあの裂け目のむこうに押し戻す。見えるか」

「うん」

少女の緑の眼は爛々と燃えていた。彼女の視界にもヴァレリウスの見ているものが重なって見えた。

渦巻き逆巻く反-光、いまわしい異界の力。その中心に居座る力の竜巻、さらにその奥の奥に、かすかに明滅する本来の娘の肉体である小さな小さな白い光。ごうごうと唸る異界の力は、美しく織り上げられた綴れ織りであるはずのこの世界に大きな裂け目をあけ、そこから、洪水のようになだれ出てきて、娘の肉体をそのむこうに飲み込んでしまっている。

「見えるよ。お師匠」

「竜王の力を完全に打ち消すことはまだ無理だ」ヴァレリウスは言った。

「だが、お前の力をてこに使って、娘から異界の力をひきはがすことはできる。そして流れの向きを変え、あの裂け目に流れ戻るようにする。それから裂け目を閉じ、力の元を遮断する」

「うん。わかった」

「いいか、俺はお前の魔力を使う。今のところそれは、お前の生命そのものを使うのとほぼ同じだ。もし相手の力に追いつかなければ、お前は力とともに命も吸い尽くされて死ぬ。そのことは先に言っておく」

「うん」

肩に置かれた師匠の手を、アッシャは強く握りかえした。

「やって、お師匠。あたしはかんたんには死なない。あたしはあの子を止める。止めなきゃいけないんだ」

「ブロン殿、われらの守護を頼む」

アッシャをしっかりと袖の中に包み込むと、ヴァレリウスはぐっと顎をひいて背後の壁によりかかり、眼を閉じた。ブロンは剣をかまえ、他の兵士にむかって命令を叫んだ。

娘の顔をした雌蜘蛛は吠えたけり、すばやく糸の上を走ってヴァレリウスとアッシャにのしかかろうとした。突き出される脚とブロンの剣がはげしくぶつかる。吐き出された糸が兜のまびさしにジュッと灼きつき、ブロンは声高に呪いの言葉をわめいた。

胸壁から火矢が集中して放たれ、糸を燃やした。腐肉を焦がす臭いが鼻をさし、息をつまらせる。ブロンは微動だにしない魔道師師弟の前に立ち、狂ったように剣を振るった。あらゆる方向から向かってくる脚と糸が次々と頰や腹をかすめる。重い衝撃に腕がしびれる。

ズンと地面が揺れた。蜘蛛の巨体に耐えかねた城壁が大きく崩壊し、巨大な瓦礫がすぐ近くに降ってきたのだ。ほとんどまるごとに近い尖塔の大屋根が眼と鼻の先で砕け散り、もうもうと土埃をたてる。

目と鼻に埃がなだれこんできて思わずむせかえったブロンの上に、ぬっと巨体がそびえ立った。ぎらぎら輝く緑色の複眼がこちらを見下ろしていた。耳まで切れ上がった口がにたりと笑った。

腹の底からとどろく雄叫びとともにブロンは剣を突き上げた。振り下ろされた脚が火花を散らした。高い音が響き、黒い爪先と刃の一片がともに宙に飛んだ。刃こぼれした剣を手にブロンはよろめいたが踏みとどまり、怪物の怒りの叫びに耐えた。背後の魔道師ふたりが痛いほど意識される。彼らが殺されては終わりだ。ケイロニア騎士の名にかけて、グイン王よ、シレノスよ、我を守りたまえ——

どんと腹をゆする地響きが轟いた。また崩落かと身構えたブロンは、のけぞって悲鳴をあげる怪物のかっとひらいた顎を見上げて唖然とした。

もうもうと立ちのぼる土煙のむこうに、見覚えのある白い顔と黒い髪が見えた。兵士の集団に囲まれ、胸壁のてっぺんに据えつけられた対攻城戦用のもっとも強力な大弩弓に、誰かがとりついて回している。張りのある高い声がかすかに響いてきた。

「……早く第二射を！　その矢をこちらへ持ってきて、そう、早く！　油はまだあちらにつかないの？　いっときでいいから動きを止めるのよ！」

すばらしいお方だ、リギア殿。

ブロンの唇が思わずほころんだ。戦いに加わるなと言われても、素直にひっこんでいるような女性でないことはわかっているつもりだったが。

兵士たちが総出で太い槍ほどもある矢弾を装塡する。リギアは黒い髪をはげしく風に吹きなびかせながら凛と立ち、手慣れた指揮官として命令を飛ばしていた。後ろでちらっとマリウスらしい茶色い巻き毛が揺れた。あの吟遊詩人王子も、やはり事態を見届けずにはいられないようだ。

地面では胴体を貫かれ、地面に釘付けにされた大蜘蛛がじたばたともがいている。ブロンのすぐ脚元を脚がひっかき、何本もの深い溝を作る。糸を吐き出そうとするが、矢弾がどこかを傷つけたらしく、吐く糸はどれも短いか、目標をそれてむなしく他の場所にふりかかるばかりだ。

「ブロン、移動せよ！　そこから離れるのだ」

ドース男爵の声が降ってきた。大きく崩れた南棟から移動した男爵が、東側の大塔の上階から身を乗り出して手を振っている。見たところ大きな怪我はしていないようだったが、黒と灰色のいつもの装いに、一点、しみるように白い包帯が顔半面を覆うように巻かれている。

「いま油の鍋と松明をそちらの上に運ばせている。油を頭上から浴びせ、火を放つ。しぶきのかからぬところへ待避せよ」

了解のしるしにブロンは高く剣をかかげた。ばらばらと寄ってきた兵士たちに手伝わせて、魔道師とその弟子を抱え上げ、引きずるようにその場を離れる。男たちの手に乱暴につかまれても、魔道師はぴくりともせず、少女もまたまばたきひとつしなかった。魔道師とその弟子の肉体はひとつのもののようにつながり、人形めいてこわばっていた。かけ声とともに、煮え立つ油の大鍋がいくつも傾いた。熱せられた大量の油が、もがく蜘蛛の上に滝のようになだれ落ちる。距離をとったブロンの頬にもその熱が感じられるほどだ。マントで顔と、魔道師たちをかばうように覆う。たぎる油を浴びて、大蜘蛛はのけぞって吠えた。

「火おとせい!」

油につづいて火の雨が降った。燃えさかる松明が次々と投げ落とされ、たちまち火を噴く。すさまじい油の弾ける音がした。続いて炎が燃え上がった。熱せられた油は火の海となり、わめき暴れる大蜘蛛を踊る火炎で包み込んだ。

幾束もの糸が連続して吐き出され、すぐに炎に包まれた。魔性の糸とはいえ、火には弱いようだ。だが大蜘蛛本体は炎の渦の中で頭を振り上げてもがき、振り回す脚から火を弾き飛ばしてあがく。さすがに通常の火だけで弱るような生やさしい相手ではない。

「手を休めるな、撃て!　槍隊、弓隊、攻撃を続けよ!　油運べ、松明をもっと、早く！」

ドース男爵の矢継ぎ早な指令がとぶ。退いていた隊が波打って動きだした。火に包まれて暴れる大蜘蛛に、大槍と矢が繰り出される。即席の弩弓に槍をつがえ、声をあわせて引く。放つ。鈍い音とともに膨らんだ腹が貫かれ、青紫色の体液が飛び散って油火に蒸発した。大蜘蛛の娘の顔から、鼓膜を破りそうな金切り声が発せられた。

「まだか、まだなのか、ヴァレリウス殿」

熱から魔道師師弟をかばいながらブロンは呟いた。

全身を火に灼かれ、弓と槍で休みなく攻撃されても蜘蛛は動きをとめない。頭の割れるような金属的な悲鳴を響かせながら、胴体を縫い止めた大弩弓の太矢を引き抜こうともがいている。

火にあぶられて、矢弾自体も弱り始めているようだ。金属で装甲された軸が真っ赤に赤熱している。中は木だ。焼け落ちるのは時間の問題だろう。

太い脚が地面にめりこんだ。矢弾が不気味にきしむ。めきめきと音をたて、軸が傾いた。大量の体液が新たに飛び散る。土砂を振りまいて、矢が抜けた。腹に矢弾と何本もの槍を突き立てたまま、緑の複眼がぎろりとこちらを睨む。

はっとしてブロンが身構えかけたとたん、第二の矢弾が、あがりかけた蜘蛛の胸部を貫いて留めなおした。蜘蛛が新たな傷と憤怒に猛り狂う。ブロンは感謝の微笑を、胸壁の上できびきびと動き回っている黒髪の女聖騎士に投げた。まったく、驚くべき女性だ！

「動きをとめるのよ、ヴァレリウスとアッシャの用意が調うまで」

高い声が炎と怪物のたてる轟音をこえてかすかに届いてくる。

「彼らが魔物を鎮めてくれるわ。なんとかそれまで、時間を稼ぐのよ！」

そうだ、時間を——だがいつまで？　ブロンは唇をなめ、あらためて魔道師師弟を背にして蜘蛛に相対した。いつまでもこうしてはいられない。いつかは矢もつき、油も、松明もつきる。人間の武器では結局、この相手を完全に沈黙させることはできない。力の大元を断てる魔道師でなければ——

「早く、ヴァレリウス殿、頼む。もうあまり保たぬ」

剣を握る手に暑さのせいではない汗がにじむ。ブロンは火傷しそうに熱くなった甲冑の中で脂汗を流し、背後の二人がなんらかの動きを見せてくれるのを、待った。

人々の必死の戦いのうしろで、目に見えない魔道の戦いが続いていた。

ヴァレリウスはアッシャの精神に入り込み、そのゆたかな魔力の源に両手をひたしていた。きわめて若々しく、力強い魔力がつきることなくきらめきながら溢れてきて、ヴァレリウスの全身をひたした。

だがこれはまだほとんど訓練されていない、野生の力だった。荒々しい野生馬に、鞍も手綱もなしでまたがろうとするようなものだ。ヴァレリウスの疲れきった手の中で、魔力は猛烈に暴れ、跳びはね、抑えつけようとする力をふりもぎろうとする。

助けになったのはアッシャの意志だった。ヴァレリウスに従い、その道具として働くのだという強固な自覚は、暴れ回る魔力にいささかのはみをかませる役に立った。

その上、アッシャには強烈な決意があった。あの娘をとめるのだという気持ち。彼女にあんなことをさせたものへの怒り。悪魔の奸計に利用された娘を助けたいという、祈りにも似た心。

それらがヴァレリウスの精神に、添え木のような役割を果たした。アッシャの心がぴったりと寄り添ってくるのを、ヴァレリウスは感じた。力を使い果たし、折れかけていた心身に新たな力が流れ込んでくる。

鮮やかな朱色にきらめくアッシャの魔力を、ヴァレリウスは細心の注意をはらって細く、鋭く整えた。剃刀のように鋭く、暗殺者の使う刃よりも鋭く、かつ触れれば指が落ちるという、クムの闇狩人の屈曲する剣よりもしなやかに。

それをじりじりと、魔王の異界の力の渦巻く中へとのばしていく。ヴァレリウスの力を飲んでさらに昏く燃え上がる異界の反-光は、アッシャの生命を織りなす朱色の糸にも襲いかかり、飲み込もうとした。

しかしいまだ整えられていない、生命そのものに根付いた力はその荒々しさで異界の力をはじいた。生命の火そのものを突きつけられた反‐光が、たじろいだように後退する。

ヴァレリウスはその隙を逃さなかった。異界の力の渦の隙間、ほんのわずかな、紙一枚よりもまだ小さい隙間に、研ぎあげた生命の刃を滑り込ませる。反‐光はあがき、口を閉じようとし、魔道師たちを食い散らかそうと大波をうって押し寄せた。

そして身震いし、震えてまた後退した。人々の戦いによって苦悶する大蜘蛛は、魔道師の視界においては、嵐の海のようにねじれて逆巻く異界の力の大渦にほかならなかった。

物理的な攻撃もまた、魔道師の目には、怪物の破壊と死にあらがう人々の、勇敢な意志が形をとったものとなる。輝く人影が視界の端に数多くうごめき、次々と意志を形にした光と炎を放つ。眼前に立って攻撃を防いでいるブロン、胸壁の上で指揮をとっているリギア、塔の上で命令をとばすドース男爵、それらはみな、ヴァレリウスの目には星のようにまばゆい、生命と意志の顕現にみえた。

アッシャもまた同じものを見ていた。それがわかった。手の下でアッシャの肉体がわななき、震えるような息をついた。いまだ魔道師としては未熟なアッシャが、一時とはいえヴァレリウスの視界を共有し、繰り広げられる魔道の目もあやな光景に圧倒されている。

（気をそらすな。アッシャ）

意志だけでヴァレリウスはアッシャに呼びかけ、なお精神をしっかりと、揺らぐことなく保つことを求めた。ヴァレリウスが繰り出したアッシャの魔力は、異界の力の攻撃を受けながらも、その生命の根源的な強さゆえに、消されることなく、蜘蛛の本体たる娘の現世の肉体にむかってじりじりと進んでいる。

（娘の肉体にお前の力を添わせよ。お前の魔力で殻をつくり、娘をとらえた異界の魔力をはじき返すのだ。流れを変えてしまえば勢いをもどすのはあちらも難しい。あの裂け目に向かって、すべての力を押し流す）

腕の中で、赤い巻き毛の頭がうなずいた。

朱色に輝く魔力がぐっと強さを増した。押し寄せ、食らいつくそうとする反－光が、生命の根源的な強靱さに触れて苦しげにざわめく。

アッシャの喉から長い呻き声が漏れた。身体ががくがくと激しく震えだす。ヴァレリウスは両手に力をこめ、か細い少女の身体をしっかり支えなおした。

アッシャがふらつき、ヴァレリウスの胸にぶつかり、はっと気を取り直す。こちらを見上げたのは、はばたく蝶の翅のような金緑の火ふたつだった。ヴァレリウスは励ますようにうなずき返し、ぐいと顎をしゃくった。

アッシャはすぐに了解し、視線を戻して、思念をこらした。師弟ふたり分の意志が、朱色の生命の糸につながり、異界の力の奥へ奥へと突き進んでいく。

なじみのある感触が触れた。娘の肉体だ。

先ほどは捕捉するので精一杯だったが、今度は違う。アッシャ、と意識する間もなく、少女の髪と同じ色の朱金色の魔力がするすると巻き上がって、娘の肉体をすばやく包み込んだ。

怒り狂った異界の反‐光が再び娘をとらえなおそうとし、朱色の魔力にはじき飛ばされる。蜘蛛の形の大渦となって娘を覆っていた反‐光の流れが、釣り合いを失って大きく乱れた。

(いま、いまだ)

思考したのは師と弟子のいずれであったか。ほとんど一体化していた二人には、どちらとも区別がつかなかった。

娘の肉体をうちに閉じ込んだまま、朱色の力は向きを変えて、乱れた反‐光の渦を全力ではじいた。

均衡を崩された渦はぐらつき、よろめいた。循環を断ち切られた渦の一端がのたうち、巻き付く先を探すかのように頭をもたげたが、大きく開いた現世の裂け目の吸引力にとらえられた。

師弟ふたりは一つとなった意志を一本の力の糸にかけて支えつづけた。暴風めいてもがきまわる異界の力が、あらがいがたい流れに捕らわれて自ら作った裂け目へと流れ戻っていく。

ヴァレリウスとアッシャはひとつの視線となって力の流れ去る先を見つめた。紫と黄色の痣のような色をした異界が、そのむこうにいる者の怒りを示してか、視覚を突き刺すものすさまじい稲妻を放つ。

だが、いったん流れを変えられたものを戻すすべはないようだ。あたかも書物の頁を逆にめくるかのように、渦巻きはくるくると巻きかえされて、裏返しになってあがきながら裂け目の中へと吸われていき、またたいて、ふっと消えた。

轟々と燃える油火が一気に四散した。

「なんだ……？」

まさか、しくじったのか、とブロンが愕然と後ろを振り向こうとしたとき、兵士たちの間から口々に、驚きの声があがった。

振り上げられた太い脚の先端が、ぼろりと崩れた。

それまでどんな炎にも耐え、折られても斬られてもすぐに復活した甲殻が、見ている間にぼろぼろと崩れ、炭のような粉になって端から崩壊していく。

脚が折れ、崩れ、巨体が地響きをたてて地面に横たわった。猛烈な臭いの黒い粉が舞い上がり、風にふかれてすぐに散った。膨らんだ腹もゆがんだ頭部もみるまに崩れ去り、一瞬、緑の複眼がよごれた緑玉のような輝きを残して、すぐにこれも黒ずんで粉になって吹かれて失せた。

杭のように立ち並んだ太い脚がつかのま周囲に残ったが、すぐにこれらも焼けぼっくいのように端から崩れた。ほんの数呼吸の間に、あれほどの偉容を誇っていた怪物の姿は失せ、あとには、栗色の長い髪だけを美しくなびかせる娘がひとり、白い肌を煤《すす》と黒い汚れに染めて、身じろぎもせず倒れ伏していた。

「アッシャ！」

ヴァレリウスのあわてた声がした。あまりに突然の終息に呆然としていたブロンは、師の腕からすべり出た少女が、まだ熱い地面を飛び跳ねながら、娘のところへ駆けていくのを見た。

「いかん、アッシャ、戻れ！」

アッシャはふりむかなかった。油火がそここに残る瓦礫のあいだを飛び越え、娘のそばに膝をつく。

口もとに手をあて、首に触れてみて、ほっと息をついた。

よかった。生きてる。

「ねえ、しっかりして、あんた」

アッシャは声をはげまして、娘を抱き起こそうとした。

あれだけの炎にあぶられていたにもかかわらず、娘の身体はおそろしく冷えて、真冬の風を思わせた。栗色の髪ばかりは汚れひとつなく、つやつやと輝いて、以前と変わりなく長々と地に垂れていた。

「しっかりして、目を開けて。あんた助かったんだよ。悪いやつがあんたを利用しようとしてたんだ、でももう大丈夫。悪いやつはおっぱらったよ。あんた、もう大丈夫なんだよ」

娘は小さくうめき、まばたきをして、うすく目を開けた。それはもうおぞましい複眼ではなく、人間の娘の、青みを帯びたうるんだ瞳だった。アッシャは喜びに息をつまらせて、その上にかがみ込もうとした。

「アッシャ！」

その叫びと、あがった悲鳴と血しぶきと、どれが早かっただろうか。

喉にかぶりつかれる寸前にあやうく身をそらしたアッシャは、右手を押さえて横ざまに倒れこんでいた。

駆けつけてきたブロンが抱き起こし、マントを裂いて手に巻きつける。布はたちまち血に染まり、したたる鮮血が熱い地面に音を立てて焼きついた。瓦礫を乗り越えてきたヴァレリウスが二人の前に立ち、防護の印を組んで前につきだした。

「あたしにさわるんじゃない。魔女。悪魔。あたしの村を焼いた、鬼」

娘の唇は血に染まっていた。アッシャの血だ。がちがちと鳴る歯は尖り、いまだ短剣の鋭さで、ずらりと白く並んでいた。

「魔女」

歯を鳴らして娘は言った。青い少女の瞳には、人間の、人間にしか浮かべられない、魂の焦げつくような、憎悪と怒りの炎があった。

「あんたのせいだ。あんたが村を焼いた。みんなを殺した。あたしも殺した。あたしは許さない。絶対にあんたを許さない。恨んでやる。憎んでやる。永久に、永遠にあんたを恨んで恨んで、憎んで憎んで、地獄の底まで追いかけて、そうして殺してやる。殺してやる。殺してやる――」

目と口から白い炎があふれた。

手を押さえたまま凍りつくアッシャの前で、娘はくたくたと崩れ、光にあおられる皮の袋となって燃え尽きていった。

あっという間に、そこにはひとつかみの白い灰しか残らなくなった。それもまた、彼女を覆っていた闇の力の残骸と同じに、風に巻かれて、見えなくなった。

「早くなさい、マリウス。書き物なんていつでもどこでもできるでしょ。サイロンへつけば、新しいキタラだって手にはいるわよ。あんたがもたもたしてると、いつまでたってもかたづきゃしない」

「ちょっと待ってよ、この書き付けと……ええとそれからこれと……これと……ちょっと、そんなにせかさないでよ、すぐ行くったら……ええと、これと……これと……これも」

　ほんの二月ほどの滞在で、マリウスは驚くべき量の走り書きや書き付けを作り、今はそれらを、すべて荷物の中に押し込もうと大わらわだった。

　持ち物といっては自分の身と、愛剣一振りのみに近いリギアは、いらいらした顔で、大騒ぎしながらあちこちの戸棚や机や寝台の下から紙束をひっぱり出してきては、袋に押し込んでいるマリウスを眺めている。城の馬留めの前ではすでに馬車が用意を整え、客が乗り込むのを待っているというのに、この小鳥の王子ときたらしごくのんきなものだ。

　パロから逃れてきた一行が、ワルドを離れてサイロンに上ることをきめたのはつい一昨日のことだった。蜘蛛の怪物が暴れ、建物を破壊し人々を殺傷したあの事件から、十日ほどたってのことだ。

　しばらくは城の修理や犠牲者の救護、死者の埋葬、被害の調査などに追われていたドース男爵だったが、ようやく事態が落ち着き、ヴァレリウスとの再度の話し合いを持った。その上で、城内の人々の気持ちも考慮した上、パロの一行はワルド城を出て、グイン王の庇護があるサイロンへと移る方がいいだろうということになったのだ。

さいわい、リギアもあの事件のあとしばらくまた寝つきはしたが、今では馬車の旅なら十分耐えられるであろう程度に回復している。病後の身であるリギアと、正統の王子であるマリウスは馬車でサイロンまで警護されてゆき、新帝オクタヴィアに謁見の上、あらためてパロの窮状を告げて、正式に保護を求めることになった。

グインもさきに告げた通り、いまだ体制の安定しないケイロニアがパロ奪回のために軍を出すのはしばらくは無理だろうが、ケイロニア皇帝オクタヴィアにゴーラの暴虐とパロの略奪を訴え、アル・ディーン王子の正統性を公式に認めてもらうことには、はかりしれない価値がある。

いまは多少弱っているとはいえ、ケイロニアが中原で一、二を争う大国であり、英雄グインに率いられた尚武の国であることはつとに知られている。ケイロニアがパロにつくとの姿勢を見せれば、ゴーラの尻馬に乗って骨をあさろうとする山犬どもの鼻はひしがれるに違いない。

「でも、なんでヴァレリウスはこないのさ」

紙束のはみ出した袋を馬車の座席に押しこみながら、マリウスは不思議がった。

「あいつはパロの宰相じゃないか。僕が訴えればいいっていうのはもちろんその通りなんだけど、僕なんかより、あいつのほうがこういう時の駆け引きは絶対に得意だと思うんだけどな」

「彼には彼の考えがあるのよ」

短く答えたリギアの声はかわいていた。食物や水の大瓶が積み込まれるのを待ちながら、ちらりと城壁に目を走らせる。

さっといくつもの影が隠れた。知らぬふりをしていると、また姿を現し、出発の準備をしている一行の姿を探るように見つめている。リギアはため息をついた。

『私とアッシャは別行動をとります』

ドース男爵の決定を伝えたあと、ヴァレリウスはそう続けた。ただでさえ憔悴していた魔道師の目は深く落ちくぼみ、黒衣にあいた底なしの穴のように見えた。

『ある理由から、私はあなた方と同行しないほうがいいと思われるのです……おそらく、そのほうが安全です。私はアッシャをつれて先に城を出ます。男爵の了承も得ております。私たちがいっしょにいれば、リギア殿や、アル・ディーン王子にもいらぬ嫌悪をあおり立てる』

そう、ヴァレリウスは正しい。彼らはあの殺戮、あの破壊が、パロの一行がここにいたためだということを、知ってしまっている。

『ある理由』が何かということを結局ヴァレリウスは話さなかったが、場内の民の嫌悪が、魔道師という存在そのものに集中することは容易に予想できた。もとから魔道というものに慣れていないケイロニア領の山の民である。しかもアッシャの暴走に加え、今度は彼ら自身の同胞が、怪物に変身し仲間を襲った。理解できないものへの恐怖は、それに属すると考えられるものへと闇雲に向かいがちだ。

ドース男爵の目にさえそれが読みとれた。沈着に装った彼の拳が、血の気を失うほど握りしめられているのをリギアは見ている。

悪いのはキタイの魔王であって、リギアたちの責任ではない――それは確かにその通りだが、人間の感情とは理屈通りにはゆかないものだ。まだ今は被害の大きさに魂と両手を奪われているワルドの人々だが、パロ人一行がこのまま城に居座れば、向ける場所のない憎しみ悲しみは、いずれリギアたちに、ひいてはパロに向けられ、新たなあの娘、イレーネのような犠牲者を呼び寄せることになろう。

（まあ、魔道なんて使わなくても、あたしたちの寝首をかこうとする人間は誰かしら現れるでしょうしね）

苦くリギアは思った。

城壁から浴びせられる視線はちりちりと肌に痛い。彼らの恐れ、憎しみ、悲しみを、リギアはすでに感じ取っていた。

やつらさえいなければ——魔道師が姿を消しても、いつか、そう思い始める者たちが出てくる。あの怪物に変えられた娘のいまわの叫びは、ほかの民たちの胸にもひとしくこだましているに違いないのだ。

事件以来、リギアはアッシャを見ていない。手からおびただしい血を流しながら運ばれていったアッシャはそれきり姿を現さず、幽霊のような顔をしたヴァレリウスだけが行き来していた。おそらく彼が治療をほどこし、少女を人目につかない新たな結界にかくまっていたのだろう。

アッシャを連れて、ヴァレリウスはすでに城を離れている。どこへ行くかも口にしなかった。別行動でサイロンを目指すのか、それともどこか他の場所へこもるつもりか、リギアはきかなかった。暗く閉ざされたヴァレリウスの瞳がそれを拒否していた。見えないものに身内を食い荒らされてでもいるように、こけた頬はいつも以上にげっそりとくぼんでいた。

どうにもならない感情がこみ上げて息がつまった。生々しい憎悪を叩きつけられたアッシャも、叩きつけたほうの娘も哀れでならなかった。

どちらも本来は、恋や結婚を夢見ながら、娘盛りを楽しく平穏に過ごしていられたはずの娘たちなのだ。それがキタイの竜王のたくらみの糸に操られ、一方は魔道師としての闇の道に踏みだし、一方は生まれもつかぬおぞましい化け物に変えられて、風に吹き消された。若い娘が思い描く幸せな将来は、もう彼女たちの手には入らない。けっして。

（『あたしは許さない。絶対にあんたを許さない』）

ドース男爵でも抑えられないものはある。彼は山岳の民の長であり、他国の人間と自らの守るべき民を並べられれば、必ず民をとる。民の怨嗟が膨れ上がって制御のきかなくなる事態を考えれば、今のうちにパロの人々を城外に出し、ひとまず民の心を鎮めるほうをとるのが領主である。ヴァレリウスもそのことを理解していたに違いない。

「リギア殿」

数名の兵士をつれて、ひとりの騎士が馬をさばいて近づいてきた。リギアは笑みを向けた。

「またあなたがご指名？　あんなことがあったあとで、貧乏くじをひかせちゃったわね」

「とんでもない。光栄に存じますよ、わが女聖騎士伯」

武装を整えたブロンは微笑を返し、軽く礼をしてみせた。

「パロからの脱出にもご一緒した私です。今度もご同道いたしますよ。それに」

ブロンの笑みにもどこか苦いものがあった。

「私はしばらく城にいないほうがよいと、男爵がおっしゃいますし」

視線をそらして、リギアはうなずいた。パロ一行を連れてここまで落ち延び、その後も親しくリギアやヴァレリウスと交流していたことで、ブロンと彼の部下たちはパロ人の一部のように見られているふしがある。もちろん彼らにもなんら責任はないのだが、無駄な軋轢《あつれき》が起きるのを避けるためにも、パロ一行の道中護衛と名目をつけて、ブロンたちを城から離しておくのが、どちらにとっても安全というものだろう。

「サイロンへ到着後も護衛としてそのままとどまれとのご命令です。お目障りかもしれませんが、どうぞ我慢なさってください」

「そうねえ、我慢してあげてもいいわ。いい子にしててくれるなら」

「おや。私はいつもいい子ですよ」

「そうかしら」

馬上のブロンに片手で接吻を投げ、ひらりと馬車に飛び乗る。ブロンがくすくす笑う声が聞こえ、少し気が休まった。

「うひゃあ、さあ、これでよし」

にぎやかにマリウスが転げ込んできた。袋に入りきらなかったらしい紙束をまだ小脇にかかえている。耳のうしろにさしたペンと腰の墨壺を見るに、馬車の中でもまだ何か書く気でいるようだ。紙片が小鳥の羽根のように床に舞い散り、リギアは顔をしかめて手を振った。

「ちょっと、道中は静かにしてよ。歌も口笛も、それからひっきりなしにぶつぶつ詩句を練るのも禁止。そんなことより、サイロンについたらオクタヴィア陛下にどう挨拶するか考えておきなさい。あんたがパロの代表ってことになるんだから、忘れないでよ」

「大丈夫だよ。だってタヴィアだもの」

気軽に応じて、もうペンの先で額を掻きながら何事か呟きはじめている。言っても仕方がないとあきらめて、リギアは窓を向いた。

「……あのさ」

小さな声でマリウスが呟いた。

リギアが目をやると、紙片のかげに隠れるようにして、上目遣いで見上げる目と出会った。陽気な瞳はかげり、せいいっぱい隠してきた心痛と怯えが、痛々しいまでにあらわになっていた。

「ヴァレリウス、大丈夫かな。それにアッシャ。城のみんなも」

「——あたしたちが気にしてもどうしようもないことよ」

リギアはふたたび顔をそむけ、窓の外の空に見入るふりをした。城壁から見下ろす視線を、まだ感じる。おそらく自分たちが山を越え、完全にワルドから姿を消すまで、あの恐怖と疑惑の視線は消えることはないのだろう。

ちぎれ雲の浮かぶ空は青い。何も知らぬげに。

ブロンが号令を下した。鞭が鳴る。馬車はゆっくりと動き出す。

しだいに速度を上げる馬車からリギアは城を振り返り、城門の上にひとり立つドース男爵の、黒い衣の裾が風にひるがえるのを見た。

風に吹かれる峠の突端に、アッシャは立って城を見下ろしていた。

魔道師の黒衣が足のまわりでばたばた音をたてる。簡素な胴着と下履きは、城で着ていた服のかわりにヴァレリウスが見つけてきてくれたものだ。さらにヴァレリウスは黒い毛織り地も取り寄せ、それで小振りな魔道師の黒衣も作らせた。いまアッシャが身につけているものだ。

一台の馬車が騎士と兵士たちに守られて城門をはなれ、しだいに速度を上げながら、街道を走ってゆく。

騎士様たちだ、とぼんやり思った。騎士様たちもお城を出なきゃいけないんだ。あたしのせいで。

そんなことを考えるのはよせと師匠に何度も叱られたが、アッシャはさほど悩んでいるわけでもなかった。もはやそんな段階は通り越していた。ただ胸の中に大きな空洞があき、風がそこを通り抜けていくだけだった。

城壁の上に黒い一点の人影が見える。ドース男爵だろう。

あの城の高い壁の上から身投げしようとした日のことを思い出す。なんだか別の人に起こったことのような気がする。あれはまだ、傷ついて震える心臓を持ち、温かい血の流れている娘に起きたことだ。

いまのアッシャには涙すらない。

右腕を持ち上げ、手を目の前にかざしてみる。

右手の人差し指と中指が、根元からすっぱりなくなっていた。

流れた血がこびりついているかのように、薄茶色のひきつれが手の甲を走っている。

傷そのものは、なめらかな皮膚に包まれてふさがっていた。ヴァレリウスの治療の術のおかげである。

アッシャはぼんやりと手を見つめ、指を動かした。残った三本の指といっしょに、鈍く光る鉄の指先がかすかにきしんだ。

ヴァレリウスが鍛冶や金属細工の職人のところから発条《ばね》や釘、鉄線など、こまかい部品を集めてきて、魔道を加えてまとめあげたものだった。なくなった指のあった場所に革帯で固定され、手首と肘のところで留め金で留めるようになっている。からみあった部品の間に、細い銀製の骨組みが一本光っている。

『本来は全部銀で作りたいところだ。鉄は魔力の伝導が悪い』

腕に革帯を留めつけながら、ヴァレリウスは言葉少なに言った。彼は傷の治療をすませたあとも、うなされるアッシャに付き添っていた。目を覚ましたあとも、はずせぬ用事以外はずっとそばにいた。まるで怯えているのはアッシャではなく、彼自身であるかのようだった。

『材料と設備が揃うところへたどり着いたら、せめて銀をかぶせた部品と取り替える。お前はまだこれから成長する。成長にあわせて部品も替えねばならん。いずれはすべてを銀でこしらえたものにするだろうが、しばらくはこれで用をすませておけ』

リギアたちと離れて別行動をとると聞かされたのもその時だった。ヴァレリウスは理由を口にしなかったが、どうやら彼は、竜王の手が特に自分、ヴァレリウスの周囲に延びてくると確信する根拠があるらしい。きょろきょろと落ち着かず周囲を見回す師匠の目に、アッシャはまぎれもない恐怖の色を見た。

もしリギアたちに同行すれば、一行をまたもや危険にさらすことになる。お前の力を訓練するためにも、われわれはしばらく別行動をとり、人気のない土地を放浪する。行くあてはない。安全もなければ安らぎもない。闇には牙がひそみ、夜には窺う目がある。来るか。

アッシャは鉄の指に力をこめた。

軋《きし》みながら、鉄の指は肉の指と同じようにゆっくりと曲がって、拳を作った。

うん、お師匠。

傷を癒したあと、傷跡を消すのはむろんのこと、時間をかければ、また以前のような指を再生させることもできるとヴァレリウスは告げた。アッシャはそれを拒否した。

『この指はあの子が持って行ったんだ』

指の欠けた手を抱いて、アッシャはかぶりを振った。

『あの子が持って行ったものを、取り戻そうなんて思わない。これは、あの子のものだよ。あたしが取り返したりしちゃ、いけない』

ヴァレリウスは何も言わなかった。

ただ黙って翌日には材料を集めてきて鋼鉄の指を組み上げ、アッシャの魔力に連動して動くように調整した。

『お前は、俺の道具だからな』

魔力の導管になる銀の骨組みを留めつけながら、ヴァレリウスはぽつりと呟いた。

『道具には完全な形でいてもらわねばならん。……指が欠けていては、今後、俺の仕事に不自由するかもしれん』

師が言葉の裏に隠した意味を、アッシャは正確に理解していた。

あの娘を破滅に追い込んだのは竜王と、それに対抗したヴァレリウスのしわざであり、アッシャがやったのではないということ。アッシャはヴァレリウスの意図に添うただの道具であって、道具であるのだから、やったことに対して彼女が責任を感じる必要はないのだということ。

だがアッシャは忘れるつもりはなかった。

「ごめんね。あたしにはまだ、やらなきゃいけないことがある」

風に吹かれて消えた娘に向かって、アッシャは言った。低い言葉は風に乗り、あの娘の灰と同じように、遠いどこかへと運ばれていった。

「いつか、なにもかも終わって、あんたにひどいことをした奴をこの世界から追い払って、あんたみたいな目にあう人が一人もいなくなったら、そしたら……あたしの命はあんたのものだよ。引き裂くなり焼くなり喰らうなり、好きに扱って。でも」

鉄の指先に目を落とし、胸にあててその硬さと冷たさを感じる。

「それまでもうしばらく、この命……貸しておいておくれね」

「アッシャ！」

少女は振り返った。斜面の下のほうで、包みを背負った師匠の小柄な黒衣姿が、こちらにむかって手を振っている。

「いま行く、お師匠」

黒衣の袖を引き下げ、鉄の指先を肘まで届く黒い長手袋で覆う。黒衣と同じ布地を使って、袋状にざっと縫い上げたものだ。

その手で足もとに置いた包みを取り上げ、駆け足で師匠のもとに向かう。黒衣の頭巾が脱げ、巻き毛が風にそよいだ。朱金色の髪がきらめき、ワルドの山の葉陰に、一点あざやかな残像を残した。

第三話　荒野を呼ぶ声

1

　ブランは電光のように跳びすさった。

「こ奴！」

　ざわざわと揺らめく蔓植物の束がこちらに向かって探るように伸びてくる。ブランは剣を振り上げ、すっぱり叩き斬った。蔓からは血のようなうす赤い液体がしたたり、怪物は身を揺すってわずかに後退した。地下の空間はその巨体でほぼいっぱいになっていた。足もとに斬られた草の束が落ち、じたばたはねて汁をまき散らしている。

「こ奴──こ奴、フロリー殿を襲った──」

　忘れもしない、醜い矮人に立ちふさがられ、窮したスカールとスーティ親子を助けに飛び込んでいったあの時、スーティをかばったフロリーをその中に呑み込んで、さらっていったあの怪物ではないか！

生ける堆肥の山にぽっかりと口が開いた。暗黒をためた洞窟めいたその奥から、こだまするようになにかの音がわきあがってきた。

『ババ……ヤガ……』

赤く光る両眼が方向を持たない憤怒にぎらつく。唇のない口が開閉するたびぱらぱらと乾いた泥が落ち、たちまち床で泥だまりに混じり合った。

『ババ……ヤガ……ババ……ヤガ……ババ……ヤガ……』

怪人が身を揺すってまた一歩前にゆるぎ出た。体を覆う植物のあいだからぱっと黄色い煙がたつ。

後退しつつ、イグ＝ソッグの放つわずかな明かりに目を凝らす。あの時は暗くもあり、夢中であったこともあって、見えたのはたんにのろのろと移動する生ける土砂崩れのごときものでしかなかったが、あらためて見る異形の巨体はすさまじいものだった。

皮膚は乾いた泥と蔦類、羊歯類、菌類、その他しつこい代物にすっかり覆われ、動くたびに立つのは肌に密生する名も知れぬ茸やらシダが闇雲にたてる胞子の雲であると知れた。

見上げるように背丈は巨大だが、うごめく手足は枯れ枝のごとく細くて小さくよじれ、巨大な泥の堆積が動き出したような胴体をよくこれで支えていると思われる。もしかしたら支えてはいないのかもしれない。全身に垂れ下がる蔦やその他の植物がうねうねと蠢き、手足の代わりにこの図体を運んでいるのではなかろうか。

乱れた蔦の隙間からかいま見える顔――少なくとも顔らしき部分――はたわむれに子供が作って放置した泥の仮面のようにゆがんでひび割れ、そこに、狂気の色を宿した赤い双眸《そうぼう》とひっきりなしに叫び声をあげる穴のような口が動いている。

『ババ……ヤガ……ババ……ヤガ……ババ……ヤガ……』

「くそったれめ、イグ＝ソッグ」

剣を前にじりじりと下がりながらブランはわめいた。

「貴様、老師の命を受けたとかぬかして、俺をこの腐れ怪物のところに送り込んだな！」

『おのれの当てが外れたからと、よそに責をかぶせるでないわ』

どこでどうやっているのか、空中のイグ＝ソッグはいかにも馬鹿にしたような鼻を鳴らす音をたてた。

『ババヤガがわれ同様〈新しきミロク〉の道具となっているのは聞いている。われとしては当たりを引いたも同じよ。おぬしもだ、剣士よ。このババヤガはこれでいて、古代帝国カナンの頃から生き続けておる力ある魔道師のひとりなのだ。今はかつてのわれ同様、〈新しきミロク〉の洗脳によって正気を失っているが』

「正気を失っていては話にならんではないか」

そう怒鳴って、ブランは探るように伸びてきた蔦の束をまたたき斬った。草まみれ泥まみれの怪人はほえるような声をあげてはげしく揺れた。小さな赤い目がとまどいとさらなる怒りに燃えた。

『だから正気を取り戻させる。われが老師イェライシャにしていただいたようにな。実を言えば、このようなこともあろうかと、老師から乱れた魔力を調整する方法をさずけていただいておる。こ奴もわれ同様、〈新しきミロク〉の毒牙にかかった哀れな奴、またわれにとってはもと敵ながら顔見知り、救うてやればなにほどかの力にはなってくれよう』

「それなら早くしてくれ」

ブランはまた近づいてきた蔦植物を払いのけ、つっこんでしまった泥の山から長靴をひっぱりだした。本当にこんな怪物に正気などあるのかという気がする。なんといってもフロリーはこいつに連れ去られたのだ。悲しい悲鳴が今も耳に残っているのに。

「海で溺れて死ぬならヴァラキア男として光栄だが、こんなところで堆肥に溺れて死ぬなどというのは、考えただけでもぞっとする」

『まあ待て。しばし待て』

イグ＝ソッグは奮闘するブランも知らぬげにふわふわと天井まで飛び上がり、いくつかの光球を周囲に放出した。

おかげで暗い穴ぐらが少しばかり見通せるようになった。蒸れた泥と堆肥の悪臭、植物の青臭いにおい、菌類のしめったかび臭さで息が詰まりそうだが、少しは動きやすくなった。

狂えるババヤガは植物におおわれた巨体をゆすり、のろのろとブランに近づこうとして、触手めいた蔦植物をのばしてきては切り払われて、苛立ったようにか細い手足をばたつかせている。

明るくなってさらに全身の細かいところが見て取れるようになったが、これはまた、やはりイグ＝ソッグに並ぶかそれ以上の怪物だとブランは思わずにいられなかった。堆肥袋を天井近くまで積み重ねたがごとき胴体に、不釣り合いに細く節くれ立った枯れ木めいた茶色い手足、全身を覆う植物と菌類。皮膚はまるで乾いた泥田、そこここからにじみ出した、汚水やらなにかの分泌物なのやら不明の液体にとろけて、べたついた汚泥が絞るように滴りおちてくる。

怒りと狂気の泥仮面と化した巨大な頭は、さらに巨大な盛り上がった両肩にうずもれて、首らしき部分はさっぱり見えない。しかもその肩といわず胸といわず、毒々しい赤や紫や黄色い茸が密生し、髭のかわりに羊歯が垂れ下がり、その全体をもつれにもつれて蠢きまわる蔦植物がざわざわと音を立てながら這いずり回っているのだ。

『われはこのババヤガの体内に入り、乱れた魔力と精神を調整する。その間、なんとか持ちこたえておれ。出てきたら死んでいた、ということのないように、くれぐれもな』

「なんだと」ぎょっとしてブランは上をふり仰いだ。

「中にはいるのはよいが、こいつを制御はできんのか。俺と——その、お前の時のように」

『われはイェライイシャ老師ではない』

怒ったようにイグ゠ソッグは点滅し、くるくると回転した。

『老師であればわれの肉体におぬしの精神を入れ、意のままにさせることもおできであったが、われはそのような高度な力を持たされてはおらぬ。加えてこれだけ乱れ果てた魔力と精神を整えるには、おぬしなどの想像もつかぬ力ときわめて緻密な技術が必要になるのだ。肉体の制御などに気を使っている暇があるものか』

「無責任だぞ、おい——」

『ではな、剣士。せいぜい生き残れよ』

そう言い残して、イグ゠ソッグの光球はひゅっと空をかすめ、バ、バヤガの盛り上がった草まみれの背中あたりに姿を消した。

「くそったれのちびの虫けらめ！」

喉いっぱいにわめいて、ブランは剣を振った。胴体に巻きつこうとしていた蔦を払う。斬られた蔦は震えて後退し、その間にブランは壁に背をつけたまま相手の後方にまわろうとした。

　ババヤガの動きはのろいが、彼の全身を守る植物は意のままになる一千本の手のようなものだ。気を抜けばたちまち巻き付いてこようとする蔦の強靱な手を、息をきらしてブランは切り払った。

　青臭い草の汁のにおいがむっと立ちこめる。夏の沼地で草刈りをしているような湿気と臭気で、大量の汗が流れて目にはいる。ブランは剣をふるいながら、何度も目をしばたたいて汗をはらい、片手で額をぬぐわねばならなかった。じりじりとババヤガが動いてブランのほうを睨む。

『ババ……ヤガ……ババ……ヤガ……ババ……ヤガ……』

「〈新しきミロク〉では、自分の名前しか口にできぬようになるのか」

　呟いたブランの顔面に、膨れ上がった大茸が破裂して、紫色の胞子の雲を吹きつけた。思わずむせかえる。咳とくしゃみが止まらない。目がひりひりし、肌が無数の蟻に食われているかのようにむずがゆい。ブランは剣を忘れ、両手で夢中に顔をひっかいた。

「くそっ、この……ああ、くそっ！」

　両足が宙に浮き上がるのを感じてブランはもがいた。だが、蔦がすでにしっかりと胴体と両手両足に巻きつき、自由を奪っていた。

　あの黒い魔女の髪の容赦なさほどではないが、相当な力で締めつけてくる。胸をふくらませてなんとか息をし、剣をもぎ離そうと努めるが、剣までもが完全に植物にからめ取られていて動かせない。その上、次から次へと巻きついてくる蔦が何重にも重なり、蔦でできた繭にとじこめられたようになってしまった。

とんだ簀《す》巻《ま》きだ、と捨て鉢に思うブランは、そのまま宙に持ち上げられ、気がつくと、植物の奥のババヤガの顔を近々とのぞき込んでいた。

顔をつきあわせてみると、またその異様さはいっそうすさまじかった。イグ＝ソッグは最初から人間ではない獣頭の異形だったが、こちらはなまじどこかに人間のおもかげを残しているだけいっそう奇妙だ。

鼻は泥の仮面にあいたふたつの穴、ひび割れた皮膚は分厚い苔と地衣類に覆われて、その間を小虫がせわしなく出入りしている。ぽっかりと開いた口は泥の山にあいた洞窟、ただ暗黒の奥からなにやら底なし沼の温気が、生々しく蒸れた泥の臭気となって吹きつけてくる。

その奥から、いやらしい虫のような濃い桃色のものがずるりと伸びてきて鎌首をもたげた。濡れ濡れとしたそれはこいつに巣くう寄生虫か何かかとブランは一瞬思ったが、そいつはずるずるとさらに伸びて、ブランの顔にへばりつき、探るようにぺたぺた舐《な》めずりまわった。舌だ——考えられないほど長くてべとついた、こいつの舌なのだ。

『ババ……ヤガ……ババ……ヤガ』

ぐるぐる巻きになったブランはなすすべもなくその場につり下げられ、臭い泥の洞窟を近々とのぞき込む羽目になった。

ババヤガは相手をとらえたはよいものの、それをどうすべきか迷っているのか、赤い目をじっとブランにすえて、しきりにあぶくのような妙な音をたてている。長い舌でしきりに空気の臭いをかぎながら、ないも同然の唇のあたりをしきりとなめずる。

「おい、イグ＝ソッグ、まだか！」

ババヤガにではなく、その奥で働いている（と願いたい）例の奇態な光球にむけてブランは怒鳴った。聞こえているとは思えなかったが。

「早くせんと俺はこいつの、なんだかわからんが、草だか泥だか堆肥だかの中へうずめられてしまう。俺にそんな情けない死に方をさせるのか、冗談ではないぞ！」

『ババ……ヤガ――』

赤い目が瞬いた。狂気のババヤガはとらえた獲物を観察し、べとべとの唾液を垂らしながらひっくり返し、高々と持ち上げて、なぜ自分がそれをからめとったのか考え込んでいるように苛立たしげに身をゆすった。

宿主に反応してか、あちこちで茸が破裂して大量の胞子を吹き、ブランはむせかえった。絞め殺されないまでもこのままでは窒息死してしまう、と臭い胞子の雲の中でちらっと思ったとたん、体がしずしずと下降しはじめて、またもやぎょっとした。

「おい、イグ＝ソッグ！　イグ＝ソッグ！」

今や動かせるのはほとんど口と目だけだ。蔦は次々と覆いかぶさってきて、それまでかろうじて外に出ていた指や頭、足首までもぐるぐる巻きにしてゆく。自在に動く長い舌が顔に巻きついてくる。

なんとか目玉だけを動かして下を見て、ブランは胃がひっくりかえるような思いをした。ババヤガの泥穴のような口が大きく開かれ、巻かれた自分はしずしずとその中へ向かっておろされているのだ。どうやら何をしているのか忘れてしまったババヤガは、とらえたものは餌かその類だときめ、さっさと呑み込んでしまうことにしたらしい。

「イグ＝ソッグ、イグ＝ソッグ、おおい、くそ、蛍め、虫けら野郎め、むかつくちび助め！」

甲斐もなく足をひきつらせ、蔦の繭の中で心だけはじたばたしながらブランはわめき散らした。またその開いた口の中にも遠慮なく蔦の葉や蔓が入り込んでくる。もぞもぞ動く蔓を食いちぎり、青臭い汁のしたたるそれを吐き出して、顔を覆い尽くそうとする蔓を払いのける努力をする。

「貴様俺を殺す気か？　老師に送られてきたなどとは嘘で、この泥お化けの臭い胃袋に俺を埋めてしまうつもりで出てきた亡霊なのではなかろうな！　本当にそうなのだったら、見ていろ、俺もヴァラキアのブランだ、死んだら俺も亡霊になって、お前ごときすぐさま叩き斬ってくれる、くそっ、くそっ、畜生、腐れ山羊頭め、雌豚の尻め、どぶ板にたかる船虫め、糞まみれのドールの尻尾め、覚えていろ！」

わめき散らす間にもじりじりと泥穴は迫ってくる。真夏の沼地に踏み込んだような猛烈な温気《うんき》と土の匂いがどっとわき上がり、蔦はほとんど窒息させんばかりにブランの喉まで入り込んできていた。もはや言葉ももごもごとしか呟けないが、それでもブランはさかんに怒鳴り、わめき、船員生活で聞き覚えたさまざまな聞き苦しい語彙《ごい》を駆使して、むかつくあの蛍めを罵り続けていた。

ほとんど頭まで泥穴に没した。あまりにも無様な死に方に対して、せめて息がきれるまでは文句を付けつづけてやろうと、蔦の繭の中で胸をふくらませたその時、ふと下降が止まった。

2

しばらくはそのままじっとしていた。何が起こったのかとブランが不安になるほどの間があってから、じりじりと体が上昇しはじめた。頭に巻きついていた蔓や蔦がするするとほどけていく。

上半身が出、さらに下半身が出た。まだ体はぐるぐる巻きだったが、今ではさほど締めつけはきつくなく、ただそっと身を支えている程度に感じられた。

一対の黒玉のような目がこちらを見ているのにブランは気づいた。黒目が大きくて白目がほとんど見えない、動物かなにかのように澄んだ穏やかな目だった。

そのままそっと床におろされ、身体を巻いていた蔦が一本また一本と離れていった。

ブランは唖然としながら両足でしっかり立っており、手には剣があった。目の前にはいくぶん小さくなったように見えるババヤガ、もはや狂える堆肥の化け物ではなくなったババヤガが、全身の蔦を床に垂らし、枯れ木めいた腕を床につけて、静かにうずくまっていた。

『聞こえておったぞ、剣士』

　上からふわふわとイグ＝ソッグの光球が降りてきて、疲れたように肩にとまった。実際かなり消耗しているようで、心もち全体が小さく収縮し、放つ光もいささか暗い。

『ようもわれのことを好き放題罵ってくれたものだの。以前のわれならば即座に七つに引き裂いてくれたところだが、老師の賢明なる教えを受けた今のわれであれば、そのような野蛮なことはせぬから安心せい』

「ああ、それは……ありがたいな」

　ぼんやりとブランは言った。注意はすっかり正気に戻ったらしいババヤガに奪われていた。狂気にとらわれていた時のババヤガはひたすら泥と汚穢《おわい》にまみれたいやらしい化け物としか感じられなかったが、今そこに澄んだ黒い目をして座っているババヤガは、不思議な威厳を漂わせる、秘境に住まう獣たちの長老を思わせた。

「その……正気に戻ったのか」

『そう言うたであろう』

　イグ＝ソッグはブランの肩の上で軽く震え、あくびかげっぷのような音をたてた。

『われは疲れた。しばし休む。話は自分でせい。今のババヤガならおぬしの言葉も通じよう』

　そう言うと、光が暗くなり、本当に眠っているかのように動かなくなった。無意識にそちらに手をやり、猫にふれるようにそっとつついてみながら、ブランは用心しいしいそっと足を踏み出した。

剣はかまえてはいなかった。この物静かでどっしりした、草と大地の生き物に対して、そのような品は似合わないような気がした。

「……ババヤガ？」

低い声で呼びかけてみると、草が揺れ、羊歯がかさかさと音をたてた大きな頭がゆっくり傾《かし》ぎ、ブランを見下ろした。黒い目ははるか数千年の叡智をたたえ、吸い込まれそうな光を宿していた。

『そなたには迷惑をかけたようだの、お若いの』

洞窟を風が吹き抜けるにも似た、深く遠い声が言った。黒い瞳がまたたき、懐かしむように遠くを見つめた。

『ああ、何やら、長い悪夢を見ておった気がするぞ。あの懐かしきノスフェラスのわが岩屋から立ちいでたのがいつのことであったか、ようは思い出せぬ。いったい何がわしをあの閑寂《かんじゃく》の境地から引きずり出したのか、見当もつかぬわ。世間とのかかわりを断って幾星霜《いくせいそう》、華やかなりしカナンも失せ、もはや人なるものの営みにはふつふつ飽き果てて、二度と騒がしき人の世には戻るまいと思うておったに、我がことながら、何を思うてこのようなところに来る仕儀となったものか』

「あなたは……その、貴下は、グイン王を手に入れようとサイロンに集った魔道師の一人であったとお聞きしているが」

ブランはそっと言った。以前と変わって、今のババヤガには、自然と敬称をつけさせる何かがあった。森の奥に苔に覆われて立つ主のごとき古木に感じる、素朴な畏敬の念をかき立てられる。

『うむ。なんとなく、覚えてはおる。うっすらとではあるが』

ババヤガはゆったりと頷き、またかさかさと葉を鳴らした。

『イグ＝ソッグが多少のことは伝えてくれた。わしはどうやら、何の魔がさしたかノスフェラスの岩屋からはるばるケイロニアまでまかりいで、グインを奪い合う愚かしい争いに加わっておったようだ』

「ようだ、とは」

ブランはまだ抜き身のまま下げていた剣を鞘におさめて、腰を下ろそうとした。するとどこからか生えてきた植物がくるくると巻き上がり、みるみるうちに背もたれつきの座り心地のいい椅子をこしらえてくれた。

「これは、痛み入る」思わずブランが礼を言うと、ババヤガは静かに首を振り、枯れ枝のような手で、気にするな、との仕草をした。

『なにやらいろいろ悪いことをしたようであるでの。これくらいの償いはさせてくれいよ』

「かたじけない。……ようだ、というと、するとババヤガ、貴下には、グイン王を手に入れるご意志はなかったということか」

弾力のある植物に身を預けながらも、ブランはまだ半信半疑であった。なにしろ、狂気の怪物としてフロリーを襲う姿を一度は目にしているのだ。いかに静かなたたずまいに戻ろうとも、そう簡単に気はゆるまない。

『さて、考えると何もかも夢のようで、わし自身よくはわからぬのだが』

ぽきぽき指を鳴らしながら、ババヤガはひょろ長い腕を組んで頭をかしげた。

『少なくともわしが覚えている限りでは、自ら望んであの閑居を離れることなどつゆ思うてはおらなんだはず。持つものも、望むものとてなく、ただノスフェラスの荒野の静けさと孤独をのみ愛しておったわしであったが、いったい何を考えてそんな争いに加わったものか』

「老師イェライシャ――このイグ＝ソッグを正気に戻し、今の姿を与えて、俺の探求の案内人となしてくださったお方だが」

とブランは言った。

「その老師のおっしゃることには、サイロンでの魔道師の争いは、キタイの竜王、ヤンダル・ゾッグがグイン王をわがものとせんがための大規模な罠であったという話だが」

『イェライシャ』

黒い瞳がきらめき、昔を思い出すようにしばし閉ざされた。

『イェライシャ、イェライシャ――うむ、覚えておるぞ、そのような名のなかなか才ある魔道師が出たとかの噂はな。確かドールの祭司をしておるとか聞いたが、それが何故そなたの知り合いなのかの』

「いや、もはやドールの祭司ではなく、現在は正しき行いをのみ行う白き魔道師として、『ドールに追われる男』との異名すらお持ちだ」

答えながらも驚異の念を抑えきれなかった。イェライシャにしてもその名で知られるようになってから何百年もがたち、まして彼がドールの祭司を務めていたころなど、常人にとっては伝説に属するほどの遠い昔のはずだ。それをついこの昨日のことのように口にするババヤガとは、いったい何千年を生きているのだろう。

『ほう。どうも外の時の流れとは早いの。あの若いのがそのような変転を経ておるとは思いもよらなんだ。しかしその若いのおかげでわしが己を取り戻せたのも事実。そうか、そうか』

ババヤガはぱっぱっと胞子の雲を噴き、考え込むようにうなだれた。

そのまましばらくじっと黙り込んでしまったので、このまま眠ってしまわれてはたまらないと、ブランはあわてて、

「ババヤガ、おいババヤガ、考えるのはちとあとにしてくれ。俺は貴下のごとき永き時を生きるものではないのだ。実は急いでいる。この〈新しきミロク〉なる邪教と、その背後にあるキタイの竜王ヤンダル・ゾッグの手によって、大切な貴人を二人までも奪われている。俺は彼らを救出するためにここにいるのだ。償いをしたいと言うのなら、是非とも二人を探し出して連れ出す手助けをしてはもらえまいか」

『うむ？　おう、そうであった』

ババヤガはいつのまにか閉ざしていた目を開き、気を取り直すようにぽきぽきと指を鳴らした。

『ついいつもの癖で瞑想に入り込んでしまうところであった。……ヤンダル・ゾッグと申したな。その名、どことなくわしの気にさわるものがある。聞いたことのない耳障りな名であるが、そ奴いったい何者かの』

「この中原を支配せんとする異界の魔王だ。竜王と称している」

説明するのがなにやら妙な気もしたが、これまでノスフェラスで長い孤絶の年月を過ごし、人里に出てきて以降は狂気にとらわれていた隠者にとっては、竜王のことなど確かに初耳であろう。

「東方の王国キタイの玉座を簒奪し、人々を圧制の下に置きながら、この中原にも魔手をのばし、ケイロニアの英雄グインをも手にいれんとしている、正体不明の怪物だ」

『ヤンダル・ゾッグ。グイン。ふむ』

ババヤガは首をひねり、かさかさと草を鳴らして膝をたたいた。

『おお、そうだ。思い出したぞ。わしはノスフェラスにていつものごとく深い瞑想に浸っておったのだが、何やら空に異様の気配を感じて、想念の深みより呼び起こされた』

地上はるか遠い天を見透かすようにじっと上へ視線をあげる。

『考えてみれば、あの時にすでに何かがおかしいと気づくべきであった。わしの瞑想は、いったん入ってしまえば何世紀かかろうとそうたやすく破れるものではない。それにたとえ何か感じたところで、わざわざ現実のものに関わるために腰を上げるほどの興味をもつわけもない。だがわしはあの時、なにゆえか誘われるように立ち上がり、もはや忘れ果てたと考えていた物見の塔に足を運んで、星々を読んだのだ。おう、最後に星をみたのはなんと遠い昔であったろう。見知った星々はすでに燃えつきるか位置を変え、新たな星々が見たこともない天空にまたたいておった――』

「それで、どうしたのだ」

また沈思黙考に陥られてはかなわない。また遠い記憶に浸りこむふうを見せかけたババヤガを、ブランはせきたてた。

『うむ？　ああ、そうだ。わしは星を読んだのだ』

目をぱちぱちさせ、頭を振ってあらためてババヤガは座り直した。

『そして巨大な星、わしの生涯にわたっても見たことも聞いたこともないほどの、豹の性を持つ白熱する大巨星が、空の高みに燃えさかっておるのを見たのだった』

「グイン王だ」思わずブランは呟いた。

『さよう、それだ』ババヤガもうなずいた。

『ふむ、だんだんと思い出してきたぞ。――それでわしは、わしらしゅうもなく、わが故郷と思い定めたノスフェラスをうかうかと離れ、その豹の星の輝く土地へと迷い出たのであったよ』

大きなため息をつくと、土の匂いとともにまたふわりと胞子の雲がただよった。

『いったい、何を血迷うたのかわからぬ。どのような力にも秘密にももはや飽き果てたわしであるのに、あの星にだけは異様なまでに牽かれてやまず、見知らぬ新たな人の国の都――サイロンとかいうたかの――までもはるばる漂いついて、グラックの馬どもが駆け回る蹄の下をさまよい歩き、グインなる豹の星のもとにたどりついたというわけよ』

「聞けば、あの日サイロンでは何人もの魔道師がグイン王を手にせんとて争い、あわやサイロンを壊滅にまで追い込むところであったとか」

少し警戒しつつブランは言った。グインの名を口にしたとき、ババヤガのひびわれた顔の皮膚がわずかに震えたようであったのだ。

『うむ。情けないことだと思うておる』

だがそれはほんの一瞬のことで、じきババヤガはもとの落ち着いた古木のようなたたずまいを取り戻した。

『わがことながら、物狂いしたとしか思えぬ。うむ、思い出すほどに恥じる思いに身体が燃えるわ。なんとわしが、この智慧と瞑想と孤絶のいと高き境地に達したこのノスフェラスの隠者、長舌のババヤガが、かの豹の星を手にし、地上にわが王国を建設せんなどとほざくとはな。王国！』

舌打ちのように呟くと長い舌がひらめき、宙を打ってするりとまた中にひっこんだ。

『王国！　なんと、そのようなものがいかに儚《はかな》いか、権力なるもののいかに醜いか、さんざんこの目で確かめたであろうに。またそのようなものを争いあう愚に飽き果てて、自らノスフェラスに座を移し、そのままあの荒野の岩の一つになろうとすら思い定めておったに。それを何か、年甲斐もなく若造魔道師どもの争いに割り込み、策を弄し、意味もない力を振り回し、果ては獣のごときつかみ合いの争いにまで墜ちるとは、恥入るあまりこのまま消えて果てたいわ。華やかなりしカナンの滅亡を知る隠者ババヤガが、そのような行いにわざわざ身を投じるとは！』

『われらはどうやら操られておったようなのだ、ババヤガよ』

肩の上から声がした。イグ＝ソッグが休息からさめたようだ。少しまだ弱いが、また光を取り戻し、呼吸するようにゆっくりと明滅している。

『おそらくおぬしを瞑想から引きずり出し、サイロンへ誘い込んだのは、かのくわだての黒幕、竜王ヤンダル・ゾッグであろう』

『おう――イグ＝ソッグよ。そなたもえろう姿が変わったの』

ババヤガは懐かしげといえぬでもない口調でいい、ブランの肩の上のイグ＝ソッグの光球に手をのばした。木の枝めいた指先にイグ＝ソッグはふわりと飛びうつり、引き寄せられるままにまたたいた。

『だが以前よりはかなり目に快い姿ではある。わが正気を取り戻してくれたこと、礼を言うぞ。その竜王ヤンダル・ゾッグとやらが、わが閑寂の境を破り、あのような愚行に手を染めさせたというのかな』

『間違いない』

ぽきぽきした指の上で左右に揺れて回転しながら、イグ＝ソッグはきっぱりと告げた。

『一度はおぬしと同じく狂気に陥り、この邪教の神殿の地下深くに鎖でいましめられておったわれよ。それがある周り合わせで肉体を失い、漂うておった魂を老師イェライシャによって救われ、今のこの姿をもろうた。その老師イェライシャがおっしゃるのだ。あの日サイロンに集った魔道師はみな、竜王ヤンダル・ゾッグが、豹の星グインを我が手にせんと仕掛けた罠のために、その身と力を利用される運命であったとな』

『なんと』ババヤガは呟いた。

『そのヤンダル・ゾッグなる者は、このわしをも利用しようと、わしをノスフェラスの愛しき静寂から引きずり出したというのかの』

『そうだ。われは老師に、あの日起こったことどもをみな見せていただいた』

イグ＝ソッグの声も静かな怒りに燃えていた。

『われらは獣のように争うた——これは比喩ではないぞ、ババヤガよ、われら仮にも魔道の深奥を極めしものどもが、年端もゆかぬ小児のように罵りあい、くだらぬ魔道を投げあい、果ては理性もなくして、爪と歯で食らいつき、引き裂きあったのだ。それもこれも皆、ヤンダル・ゾッグめのたくらみよ。あの異界の生物は、グインをとりこめる罠を完成させるための生け贄として、われらをかり集めたのだ。石の目のルールバ、矮人エイラハ、黒き魔女タミヤ、われイグ＝ソッグ、そして、おぬし長舌のババヤガ』

ババヤガはむっつりと黙っていたが、それは先ほどのような沈思のためではなかった。穏やかな黒い瞳にはいまや傷つけられた矜持《きょうじ》のために静かな憤怒が宿り、ブランが思わず背筋を寒くしたほどの強い気が全身からゆらめき昇っていた。

『老師イェライシャの存在、そして、何よりグイン自身の、竜王の予想をも超えるはるかに強力な星の力のためにくわだては失敗に終わったが、今なおヤンダル・ゾッグはわれらを足蹴にしつづけておる』

イグ＝ソッグは続けた。こちらも怒りを抑え切れぬようで、回転が速くなり、ちかちかと火花を飛び散らせている。

『われは獣のように鎖でつながれておったことは先ほど言うたな。そしておぬし、ノスフェラスの隠者にして魔道師ババヤガは、狂気に陥ったまま、キャナリスの木っ端魔道師の手先として、けがらわしい人攫《さら》いの道具に使われておったのだ。この剣士が探している二人のうち片方——』

くるりと回ってブランのほうに傾いて火花をとばし、

『フロリーなる女を攫い、この邪教の神殿に連れ込んだは、言うもはばかるがババヤガよ、おぬしのしわざよ』

知ってはいたが、思わずブランは息をつめた。なおも沈黙しているババヤガに、イグ＝ソッグはくるりと一回転して向き直り、

『ヤンダル・ゾッグめはな、ババヤガよ、ひとたび死した魔道師どもを蘇らせ、今も手駒として追い使うておるよ。ルールバ、エイラハ、そしてタミヤはそれぞれ、今では〈新しきミロク〉の走狗となっておる。〈ミロクの使徒〉などとたわけた名前をぬかしてな。ルールバはベイラー、エイラハはイラーグ、タミヤはジャミーラ。狂気のおぬしを使って娘をかどわかしたはエイラハなるイラーグ、パロのヨナ・ハンゼを横取りしたのがルールバなるベイラー。そしてそもヨナ・ハンゼを誘拐し、われを鎖につないだは

ジャミーラ。おぬしババヤガを肥やしの山呼ばわりし、〈ミロクの聖姫〉などと名乗っていい気になっておる、あの卑しき蛙神《あしん》の娼婦よ』

突然ババヤガの手がわなわなと震えだし、イグ＝ソッグはあわててふわりと舞い上がった。

垂れ下がる植物と茸がざわざわと逆立ち、怒った猫の毛のように逆立った。あちこちで放出される胞子の雲が次から次へと爆発し、黄色や紫や灰色の煙が濛々《もうもう》と立ちこめた。

ブランは反射的に椅子から立ち上がりかけたが、植物でできた椅子まで激しく揺れ動いて、足もとを定めることができない。背もたれや座面になっていた植物がするすると蔦をのばしてきて悶えるように絡みつく。

ババヤガは正気を失っていたときよりもはるかに大きく、天井どころかその上の神殿までも届きそうに膨れ上がるかに見えた。震える四肢は、激昂のあまりよじれて蔦とからまりあい、ざわざわと四方へのびていく。

『おのれヤンダル・ゾッグ』

上方を向いてババヤガは吠えた。

胃袋を殴られたような衝撃にブランはふらついた。

壁にこびりついた泥がぱらぱらと落ちてきて額に当たった。いくつかは泥ではなく、振動で欠けた漆喰や石の小片だった。猛烈な植物と菌類と土の匂いがわきあがり、息が詰まりそうだ。

『わが静謐《せいひつ》を乱し、駒となしてくだらぬ野望の生け贄に使うたのみに飽きたらず、その上にもくだらぬ若造ども、見るにも耐えぬ腐れ蝦蟇の糞のごとき下衆の奴隷に貶《おと》め、さらには下等な闇の司祭めのもっと下等な弟子に嘲罵《ちょうば》させ、あまつさえ、あの恥知らずの蛙巫女《かえるみこ》、魔道のなんたるかさえよう知らぬラン＝テゴスの下女づれに、このババヤガをよってたかって犬のように扱わせたか。おのれ。おのれ。この恥は返さずにはおかぬぞ、うぬ、罪もない娘ひとりをさらわせるだに許せぬが、それをこのババヤガに行わせたはさらに許せぬ。必ずこの遺恨は晴らさずにおかぬ、おのれエイラハ、おのれルールバ、おのれタミヤ、おのれヤンダル・ゾッグ、おのれ、おのれ、おのれ』

『少し鎮まれ、ババヤガよ。剣士が驚いておる』

ふわふわ漂いながらイグ＝ソッグがたしなめた。

『うむ？』

蔦にからまりながら揺れ動く椅子に必死につかまっているブランを一瞥すると、『おお』と呟いてババヤガはふいに静かになった。

同時に椅子も静かになる。手足にからみついた蔦や葉もするすると収まっていく。もう少しで床に投げ出されるところだったブランはおそるおそる床に足をつけ、植物に覆われた巨体を見上げた。

『すまぬ。つい取り乱した。見苦しいところを見せたな』

語りかける声は穏やかなものに戻っていた。

『しかし、これで見当がついた。わしはノスフェラスへ帰る前に、なんとしてもこの恥を濯《すす》がねばならぬ。このわし、長舌のババヤガともあろうものを誘い出して、手駒として利用し、あまつさえ、物乞いどもの巣のどぶ板手妻使いや闇の司祭の不出来な丁稚《でっち》、また卑しい蛙巫女ごときに犬呼ばわりさせておいたなどと、何条《なんじょう》あって許そうものか。わが心の静穏を乱したのみでも万死に値するに、このような恥辱をみさせておいて、ヤンダル・ゾッグなる者、いかなる存在であろうと、必ず罰せずにはおかぬぞ』

「それは大層心強いが」

ブランは少々身を引き気味になりつつ答えた。森の古木のごとき穏やかなたたずまいに忘れかけていたが、この相手もまた長命を誇る強力な魔道師であり、〈ドールに追われる男〉大魔道師イェライシャさえも「若いの」呼ばわりするほど年月を閲《けみ》した、ほとんど人間を超越する存在なのだ。扱いに注意すべき点では変わりがなかろう。

「すると……その、ヨナ殿、それにフロリー殿を救出するのに、手を貸してもらえるか」

『ヨナ、という方は知らぬが、そのフロリーという名は先ほどイグ＝ソッグが口にしたな。確か、わしがさらわせられた娘御であるとか』

　ブランは椅子から跳びたってババヤガの垂れ下がる植物の端をつかんだ。ババヤガは黒い目をブランに向け、『うむ』と大きな頭を傾けた。

『いかに狂気に陥っておったとて、わしが触れておれば魔力の痕跡は残る。自らの魔力のあとを追えぬようでは魔道師とは呼べぬ』

「ではすぐに連れて行ってくれ」

　もはやいてもたってもおられぬブランである。その場で足踏みせんばかりにババヤガの手だかなんだかわからぬ部分をとらえ、しがみつかんばかりにぶらさがった。

「俺は騎士として誓ったのだ。必ずフロリー殿を救いだし、スーティに――いたいけな小イシュトヴァーン王子に、母御との再会をかなわせてみせると。この妖教の巣でおそらくフロリー殿は弱っておられよう、一刻も早く救い出さねば、男の面目がたたぬ」

『まあ急《せ》くな。よし。ではここへ来るがよい』

　ババヤガは腕を広げ、ブランの頭上に大きくそびえ立った。全身を覆う植物が長衣の袖のように垂れ下がり、ブランを囲い込む。

　恐怖を感じてもよさそうなものだったが、はやりたったブランはひたすらフロリーのことを考え、剣の柄に指を走らせつつ、垂れ下がる蔓植物の幕に自ら歩み入った。濃い緑と熱帯の森のような匂いが立ちこめる。ババヤガは好ましげに若い騎士の横顔を眺め、『そういえば』と言った。

『そなたの名をまだ聞いておらなんだ。そなた、名はなんというのかの、剣士殿』

「ブラン」

反射的にブランは答えていた。魔道師にはうかつに名を明かしてはならない、という、昔どこかで聞いた警告が頭をかすめたが、途方もなく時を経た大地の魔道師の目はあくまで黒く澄んで力強く、つかの間巻きおこった警戒心はすぐに解けた。

「ブラン。ヴァラキアのブラン」

『ブラン』

ババヤガは味わうようにその名を転がし、長い舌をのばし、髭や髪の羊歯をざわつかせ、まばたいた。

『ブラン。ヴァラキアのブラン。ふむ。ブランか』

と、額が小さなとげが刺さったようにちくりとした。

ブランが驚いて身を引くより早く、ババヤガはブランの額にあてた指を戻して、羊歯の髭の下で微笑していた。

「なんだ、今のは。何をした」

『なに、気にするな。ちょっとしたまじないよ』

ババヤガは笑い、長い舌をぺろりと出して乱れた髭をととのえた。

ブランは額をさすり、これといって何も感じるものも触れるものもないのに、安堵してよいやら不安になるべきやらわからないでいた。肩でイグ＝ソッグが、くすくす笑うような音を立てたのも気に入らない。

『さて、参ろうか、ヴァラキアのブラン。ヤンダル・ゾッグやらいう異界の輩に、わし、長舌のババヤガを敵に回した報いを受けさせる、手始めといこうよ』

3

ババヤガはどこからとり出したのか、太い一本の杖を手にしていた。見たところ、特に飾りもない太い木の枝のように見えたが、その木肌は白くなめらかで、太古の不思議な動物の骨のようにも見えた。

長い舌で試すようにぺろりとその表面を撫でると、杖を両手に持ち、軽く床に触れた。触れたところから碧《あお》の光が広がり、輪となって広がっていった。どこからともなく、暖かな光があふれた。汚れはてていた室内が、みるみるうちに青あおとした草花に覆われ、白や青や黄色の花弁が可憐な花を開く。

ババヤガ自身の身体を覆う蔦や羊歯も見るまに青い若芽を芽吹かせ、さわやかな芳香を放った。魔道師のふところにイグ＝ソッグごとくるみこまれていたブランは目を丸くし、ぞっとするありさまだった室内がたちまち心安らぐ草原に塗り替えられていくのを見守った。

「これは大丈夫なのか、ババヤガ。この魔境の巣窟では、うかつに魔道を使ってはあぶないと老師に教えられているが」

『邪教の徒が、わしの持つ古代の悠久なる力に気づくものかよ』

ババヤガは落ち着いた顔で前を向いている。

『それにこれは魔道ではない。わしの存在によってこの穢《けが》れた土地に本来あった力が励起され、蘇ったにすぎぬ。わしは長舌のババヤガ、ノスフェラスにあって岩と植物の言葉に耳を傾けし者。大地に属するもので、わしの力にしたがわぬことはない』

光の輪の中に、ババヤガの身体が徐々に沈みはじめる。いっしょに床に足が沈んでいくことに気づいたブランは思わず手を離しそうになったが、魔道師の木めいた手は、彼の肩をしっかり抱いて離さなかった。

『案ずるな。この大地がわしのみの通れる道筋を開き、わしの魔力をその身に帯びる娘御のもとへと、おのずから導こうとしているのみよ。これは魔道師の使う虚空やその他の移動手段とは違う。わしがするのではなく、大地そのものが、わしの意志に従っているのだ』

じりじりとババヤガはブランとその肩のイグ＝ソッグごと床に沈んでいき、やがて完全に没した。

ブランは必死に目をこらしたが、何も見えない。身体は動かしていないが、どこかへ進んでいくような感じは確かにある。深い海の底を進んでいるようなわずかな抵抗があるが、苦しいというほどではない。

前にかかげた杖が白い光を発しているが、あたりはやはり重みのある漆黒にくるまれている。ババヤガは平然と前を向いており、足を動かしているようには少しも見えないが、その身体の植物の葉はさらさらとなびいて、かなりの速度で移動しているらしいことは感じられた。

「イグ＝ソッグ」

しばらくはどうすることもできないと感じて、ブランは肩の上の光球に低声で話しかけた。

「おまえ。ババヤガを煽《あお》ったな」

『煽ったとは、どういう意味だ』

白々しくも問い返してきた。

「とぼけるな。ババヤガを怒らせてヤンダル・ゾッグにけしかけるために、随分なことを言って聞かせただろうが」

『これはしたり。われはただ真実を述べたばかりよ』

イグ＝ソッグはいかにも心外そうに小さな火花をとばしてみせた。

『われは嘘などひとつもついておらぬ。われらが竜王ヤンダル・ゾッグめの卑劣な意図によってどのような目にあわされたかを、偽りなく説いて聞かせたばかりよ。煽ったとは心外な』

「そうかもしれんが、それでババヤガがどうするかも計算していたな」

『まあ、それもある』

思ったよりもあっさり認めた。

『しかし、われの怒りも察してもらいたい、剣士。ババヤガと同じく、われもまた数々の辱めを受け、獣として鎖につながれた身よ。これでも誇りもあれば意地もあるのだ。傲《おご》る竜王めに意趣返しをし、一矢《いっし》なりと報いんと考えたところで、理解せぬおぬしではあるまい』

「確かに、気持ちはわからんでもないが……」ブランは口ごもった。

『それにババヤガの合力《ごうりき》があれば、おぬしとて心強かろう』

イグ＝ソッグはまたくるりと回って赤い中心部をまたたかせた。

『われは肉体を失い、いまは老師のお力によってこの身を保つばかり。道案内といささかの保護は与えられるが、いざ〈新しきミロク〉の走狗と化したかつての敵手と相対すれば、ほとんど力にはならぬ。しかしババヤガはちがう。あれは年経てノスフェラスという異常な土地とほぼ一体化し、現在地上にあるどの魔道とも違う力を操ることができる。ある意味においてはわれと同じく、ババヤガは一種の魔力の結晶であり、またノスフェラスなる太古の荒野そのものの化身ともいえる。竜王の異界の魔道に対するに、これ以上の連れはあるまい』

「まあ、それはそうだ」

『ババヤガは苔むしたノスフェラスの岩よ』イグ＝ソッグは言った。『動かすのに力と技術が要るが、ひとたび転がりだせば容易に止められるものではない。ヤンダル・ゾッグめを叩き潰し、この世界から完璧に追いはらうために、この大岩の力が必要であると老師もお考えだ』

『わしのことならば気にすることはないぞ、ヴァラキアのブランよ』

思いがけずババヤガが口をはさんだ。考えてみれば袖と髪と髭の内にほぼ囲い込まれている身で、こそこそ話していて気づかれないわけがなかった。ブランは赤面した。

『この蛍殿がわしを怒らせようとしておったのは承知の上よ。また、怒って当然のことがわが身になされたのも理解しておる。その上で、わしはあくまで自らの意志により、竜王めに目にもの見せてくれんと決意して、こうしてそなたらを連れておる。であるから、そう思い悩むな。そなたのまっすぐな気性は好ましいが、年寄りに気など使わずともよい』

恥じいって、ブランは顔もあげられなかった。

そのまましばらく暗黒の中を先へ進んだ。かなりの時間がたったのか、それともほんの数呼吸のことでしかなかったのかブランにはわからなかったが、やがて、周囲がほのかに明るくなってきた。それまでババヤガの緑と土のにおいにくるまれていたのが、なにやら腐った水の臭いと、かびたパンか布のすえた臭気が鼻に入ってきた。

『ほう、ここか』

ババヤガがあきれた口調で呟いた。

『エイラハ、いや今はイラーグか。うら若い女人をこのようなところに押しこめててんから恥じぬとは、いかにもあれらしいことよ』

さらさらと葉が鳴って袖が開いた。

目の前がひらけ、ブランは再び汚れた石の床に降り立っていた。

薄暗い油火が壁で心細く揺れ、しみだらけの壁ににじんだ地下水がぽつりぽつりと滴《した》っている。がらんとした室内はほとんどなにもなく、壁ぎわに、ひびの入った水瓶と、腐った臭いのもとらしい濁った水たまりが見える。乾ききったパンのかけらの載った皿が転がり、かじっていた鼠がびっくりしてちょろちょろ壁穴に逃げていった。ブランは目をこすり、影におおわれた部屋の奥を見通そうとした。

「どなたです」

かぼそい声がした。

「わたしは何も知りません。何も申しません。どうして弱い女にこのような仕打ちをなさるのです。お話しすることはありませんと、もう何度も申し上げたはず。仮にもミロクの名を口にする方ならば、せめて哀れと思って、わたしをそっとしておいてくださいませ」

「フロリー殿」

ブランは思わず大声を出していた。

イグ＝ソッグがふわりと宙に舞い上がり、油火を打ち消す光を発した。あわい蛍火に照らされて、薄暗い部屋の奥で身じろぎしたものの姿が見えた。ほとんど何もない寝台の上で手足をちぢめ、イグ＝ソッグのほのかな光ですら眩《まぶ》しいのか、片手をあげて顔をおおっている。

「どなた」

ブランの声が耳に入ったのか、そろそろと手をおろしてこちらを見た。虫の食った毛布にくるまり、消えてしまいたいとでも思っている風情《ふぜい》で、縮めた手足をのばそうともしない。

「わたしの名を口になさる、あなたはどなたですの。いつも来る、あの恐ろしい男の人ではないようですけれど。どこからここにいらっしゃいました。もし間違えて入ってこられたのなら、今すぐお逃げください。ここは危険な場所です。ほかの人が立ち入ってはならない場所なのです」

「俺だ、フロリー殿、ブランだ」

　ブランはつかつかと前へ進んで膝をついた。寝台の上の娘はびくっと身を縮め、殴られることに慣れた犬のように首をすくめた。差し出された手を見つめて小さくかぶりを振る。ブランはじれた。

「ブランだ、フロリー殿、そうだ、あなたにとってはスイランと名乗る方がなじみがよいか。あなたを助け出しにきたのだ。タイスでのことを覚えているだろうか。俺は小イシュトヴァーン王子、スーティに誓って、魔教の手よりあなたとヨナ博士をお救いするために、この毒蛇の巣に入り込んだのだ。どうか顔をあげてくれ」

　言葉のなかばから、フロリーはすでに顔をあげかけていた。スイラン、という一言にぴくりと肩を震わせ、タイスの名に身震いし、スーティの名を耳にすると、身に巻きつけた毛布を投げ捨てるように起きあがった。

「スイラン。タイス」

　青ざめた唇がふるえた。

「ああ、これは夢なのですか？　わたしはまた夢を見ているのですか。それともあの恐ろしい男がいやな幻をわたしに――でも、それならスイランという名やタイスのことは知らないはず。ブラン様――ブラン様なのですか、本当に？　あの姿のないご老人がおっしゃっていた――」

「間違いない」

おそるおそる伸ばされた手をブランは強く握った。手の中で細い指が一瞬もがいたが、すぐおとなしくなって、暫時ためらった後に痛いほどの力でしがみついてきた。うす闇の中に青ざめた小さな顔が切り取られたように浮かび上がっている。

「ああ」

小さく呟いて、フロリーは声もなく泣き出した。しゃくりあげることもまばたきすることもなく、ただ涙があふれるままに、頬をつたって汚れ果てた服に転げ落ちる。

「本当に、本当にあなたなのですか、スイラン様、いいえ、ブラン様とお呼びするのでしたか——あのご老人がくれぐれもとおっしゃってゆかれた、あなたとご自身がヤガに入ってヨナ様とわたしをお探しになっているから、心を強く持って待つようにと。スーティは？　わたしの坊やは無事なのですか？　ヨナ様はどうなさっていらっしゃいます？　あの方ももしや、すでに助け出されておいでalong でしょうか？」

「スーティは黒太子スカール様とともに安全な場所にいる」

フロリーのひどいやつれように、ブランは内心衝撃を受けていた。彼の覚えているフロリーは控えめだが優しく、穏やかな美しさを持った娘で、スーティを膝にのせて手仕事にいそしむ姿は、まさに家庭の幸福を絵に描いたようなほほえましさだった。

それが今は、まるい頬が見る影もなくそげて窪み、額には血の気のない皮膚が張りついて、唇はほとんど紫色になって皮がむけている。いつもきちんとまとめていた髪はぼさぼさになって垂れ、もつれてあちこちに飛び跳ねていた。

　痛めつけられてはいないようで、傷をうけたあとはない。しかし身体を洗うことすら許されていないのだろう、清潔だった肌はなめらかさを失い、粉を吹いたように白く荒れている。着ているのはおそらく誘拐されたときと同じ飾り気のないつなぎ服だが、泥と垢とで汚れ果て、あちこちに穴があいて、骨の飛び出た膝が片方隠せずにむきだしになっている。

　身体をまっすぐ立てておくのもつらいのだろう。ブランにむかって乗り出した上半身はかすかに左右に揺れていたが、彼を見つめる両目だけは、物に憑かれたような狂おしい光を放っていた。

「スーティはスカール様に保護されて、イェライシャ老師によって安全な場所に隠されている」

　声をなだめる調子にしてブランはそっとフロリーを押し戻した。

「ヤガではスカール様は顔を知られているから、俺があなたを助けに潜入し、スカール様はスーティとともに残ったほうがよいと判断されたのだ。イェライシャ老師の結界に隠され、さらにスカール様に守られているのだ、どんなことがあってもスーティは大丈夫だ、安心するといい。すぐにこの胸くその悪い場所から連れ出して、スーティのもとにお連れしよう。ヨナ博士はまだ残念ながら見つけられていないのだが、すぐに助け出すから、どうか安心してくれ」

「ああ」

フロリーは繰り返し、また静かに泣き出したが、ふと顔をあげ、ブランの後ろを見て凍りついた。

喜びと困惑が入り交じっていた顔がまた恐怖にそまるのを見て、ブランはようやく連れのことを思い出し、「おっと」とあわててふらつくフロリーを支えなおした。

「大丈夫、大丈夫だ、フロリー殿。あれはもう何も悪いことはせん。俺をここまで連れてきてくれたのもあれなのだ。あれは長舌のババヤガという、なんというか、とりあえずは魔道師で、いまは正気に戻っているから乱暴なまねはせん。どうか落ち着いてくれ」

「あの怪物がスーティを」

フロリーは歯の根もあわないようすで震えている。

「あれがスーティを、わたしの坊やを襲って、それでわたし、わたしは――」

言いかけて、びくっと声をのんだ。床上をババヤガがすべるように近づいてきたのだ。

『そなたには酷い扱いをしたようだ、娘御』

またもや寝床にうずくまって身を縮めるフロリーの前で、異形の魔道師は小山のような体躯を縮め、頭が床に着くほどに深々と礼をした。

『わしはもとノスフェラスに居をかまえる隠者で、長舌のババヤガと名乗っておる。このヤガを邪教の巣となさんとしておるというヤンダル・ゾッグなる異界の輩にうかつにも操られ、狂気にとらわれておったが、このブランと出会うたおかげで正気をとりもどした。我を失うておったとはいえ、そなたのごとき弱き娘御に恐ろしい思いをさせ、愛し子と引き裂くとはまことに申し訳ない。せめてもの償いをと思うてここまでブランを連れてまかりいで、できればヤンダル・ゾッグと邪教のものどもに一泡吹かせたいという所存よ。まずは、それ』

立てていた杖を傾け、フロリーをさす。

するとみるみる、見るも無惨な状態だったフロリーの服が白く輝き、新品同様になった。同時に身体の垢も汚れも消え失せ、頬に血の気が戻ってくる。そげた頬《まげ》はふっくらと張りを取り戻し、そそけた髪はするすると自分からもとのきちんとした髷のかたちに落ち着いた。

裸足だった足も、真新しい小綺麗な布靴に包まれる。フロリーは何が起こったのかわからぬていで、白さとなめらかさを取り戻した自分の両手をためつすがめつしていた。

『ほれ、これも』

仕上げとでもいうようにババヤガは自分の髪から咲き出てきた小さな白い花を摘み、自分で手を伸ばしてフロリーの耳もとにさしてやった。

木の枝のような指に耳をかすめられてフロリーはまたびくっとしたが、高い芳香を放つ白い花におそるおそる手をやり、まだ露のしたたる清らかな花弁に触れると、こわばった唇がゆるみ、安堵と不安の入り交じる複雑な形を作った。

「あの——あ——ありがとうございます」

口ごもりながらフロリーは言った。

「ババヤガ、様とおっしゃるのですか。あの、本当にわたくしを助けてくださるのでしょうか。なにか、身体に元気がわいてきて、空腹も渇きも感じなくなった気がいたしますが」

『うむ。そなたの肉体を賦活《ふかつ》して、弱った細胞に力を与え、足りぬ栄養と水分を補給したのだ』

なんでもないことのようにババヤガは杖に手を預けている。

『ひどく体力を失っているようであったでの。母御が青い顔をしていては、子供も心配するであろう。まずはささやかな償いよ。エイラハめ、罪もない娘御にこのような扱いをするとは、まったく同情の余地もない』

『エイラハではないぞ、イラーグだ』

するすると天井近くからイグ＝ソッグが降りてきて口をはさむ。

「あら」とフロリーは目を丸くし、

「こちらの——あの、こちらの方……はどなた？　こちらもブラン様のお連れでいらっしゃいますか、それともババヤガ様の」

「ああ」ブランは言葉につまった。

「その——そいつについてはいささか話が長くなるのだが、まあ言ってみれば、その、なんだ」

『われはイグ＝ソッグ。魔道師よ』

空中でくるくる回転しながら、イグ＝ソッグは蛍めいた光球にできるかぎりの仕草で、胸をそらすに類する動作をしてみせた。

『今は老師イェライシャにいただいたこの姿で、このいささか頭の足りぬ猪剣士めの守役をしておる』

「誰が猪剣士だ。守役だ」

ブランは嚙みついた。イグ＝ソッグはそ知らぬていでひょいと跳ね、ブランの肩に飛び乗ってのんきそうに揺れている。

「まあ」

なにも知らないフロリーはかなり驚いてはいたが、服がきれいになり、身体に元気が戻ってきたのと同時に気力も戻ってきたようで、寝台の上にまっすぐ座り直し、イグ＝ソッグのほうにそっと指をのばした。

イグ＝ソッグは挨拶するようにちょっとそちらに浮遊し、指先に軽くのってみせる。フロリーはそろそろとイグ＝ソッグを引き寄せ、指で揺れている、青い蛍火の中心にきらめく紅玉の心臓に似た光の脈動に、ほのかな微笑をうかべた。

「魔道師というのも、さまざまな方がおられるものなのですね」

感じ入ったようにフロリーは言った。

「わたしはまた、魔道師というのはみな黒い衣を着て、塔にこもって難しい研究をなさっておられるのだとばかり思っておりました」

「いや、まあ、だいたいはそれで間違ってはいない……と思うのだが」

ブランの歯切れは悪い。だいたいイェライシャにしろイグ＝ソッグにしろババヤガにしろ、規格はずれもいいところすぎて、いちいち説明していてはいつまでかかるかわからない。

「まあ、詳しい話はあとでゆっくりするとして」

とりあえず急がねばならない。ブランは当面の問題に頭を振り向けた。ふわふわ漂ってきたイグ＝ソッグがまた肩にちょんと留まる。

「ババヤガよ、さっそくだが、フロリー殿をこのむかつく牢獄から連れ出してやってくれ。このようなところにいつまでもいたら、また病気になってしまう。ヨナ博士はそのあとで探すことにしよう。ぐずぐずしていては、俺を捜してうろうろしている兵士とミロクの魔道師どもがここに来ることを思いつかんともかぎらん」

『ふむ、承知した』

「待ってください」

フロリーはきっとなって叫んだ。

「ヨナ様はまだこちらに捕らわれておいでなのですか」

「あ、ああ。残念ながらまだ居場所がわからぬのだ」

ブランは顎を掻いた。

「フロリー殿はこのババヤガと出会ったおかげで、首尾よくここにたどりつくことができたのだが」

「それではわたし一人が逃れることになるのですか。そんなわけには参りません」

フロリーは寝台に背中をぴんと立てて座り直した。

「ヨナ様おひとりをこの魔境にお残しすることはできません。どうか、ヨナ様のほうを先にお逃がし申し上げてくださいまし。わたしは不便には慣れております。こうして助けに来ていただけただけで、心も楽になりました。ヨナ様もおそらく、幽閉に疲れて消耗しておられます。お願いですからヨナ様を先に、わたしはその後でかまいませんから」

「ちょ、ちょっと待ってくれ、それは」

ブランはあわてた。まっすぐ頭を上げ、両手をきちんと膝にそろえたフロリーにむかっておろおろと、

「せっかくフロリー殿、あなたを見つけたと思って喜んできたのに、それはないだろう。ヨナ殿もじきに見つけて脱出させ申し上げる、だから今はおとなしく言うことをきいて、頼むからいっしょに来てくれ」

「いいえ」

忘れていたが、フロリーにはこういう側面もあるのだった。ただ穏やかで優しいだけではなく、芯には強靭なものを秘めた娘だ。フロリーはきっぱりと頭を振り、強い目でブランを見つめた。

「わたしを連れ出せば、いずれわたしを見張っているあの恐ろしい男にも知れましょう。詮議はますます厳しくなりますし、追っ手も増えることでしょう。わたしを逃がしたことが、ブラン様の探求の足をひっぱるもとになってはなりません」

「しかしだな、フロリー殿」

「わたしは大丈夫です」

重ねてフロリーは言った。しっかりと背筋を伸ばした姿勢には女王のような威厳すら漂っていた。

「ここには人質として捕らわれているのですから、命をとられる危険はありません。む

しろ、ここにこのままいるほうが、ブラン様のお邪魔にならないと思います。わたしはスーティの無事さえわかれば、それでもうなにも心配はありません。どうかヨナ様をお探しし、お逃がし申し上げて、それからわたしを連れに来てくださいまし。救いの手がそこにあると考えるだけで、わたしの胸はずっと明るくなりました」

耳もとの花に手をやり、微笑む。ババヤガがホウ、と感心したように息をつき、きらきら光る虹のような胞子を噴いた。肩のイグ＝ソッグも、興味深そうに赤い光球を明滅させている。

「いや、それはだな、しかし、その、ええい」

ブラン一人がじだんだ踏んでいる。

「確かにそれもその通りなのだが、しかしだな、フロリー殿──」

「わたしを外に出したとしても、このヤガ全体が今は〈新しきミロク〉に支配されております」

冷静にフロリーは言った。

「どこに行こうと追われ、狙われることは目に見えております。このような状態では、危険でスーティのもとにも戻ることはできないでしょう。またもし一緒に連れていっていただくにしても、わたしは剣の持ち方ひとつ知りません。戦いとなれば足手まといとなるばかりでしょう。ならばわたしはここにおります。ブラン様はあのご老人や、ババヤガ様やイグ＝ソッグ様の合力があるにしても、たったおひとりで〈新しきミロク〉、ヤガ全体と戦わねばならないお体。わたしのことに注意を割く余裕はおありでないのではございませんか」

ブランは唸った。

フロリーが皮肉でもなんでもなく、冷静に状況を考えた上で言っているのはわかる。実際、フロリーを脱出させてその後、どうしようという当てがあるわけではないのだ。ヤガとその周辺には相変わらず邪教の輩が横行している。頼る相手は誰もなく、スカールとスーティはイェライイシャによる絶対の結界の中で、当のイェライイシャからはいまだに連絡がなく、こちらから連絡をとる方法もわからない。

「おい、イグ＝ソッグ」

ブランは肩の光球にささやいた。

「おまえ、老師と連絡はとれんのか。老師の手によって俺のところへ送り込まれたのだろうが。ならば老師と話ができんというわけではあるまい」

『残念ながらこちらから老師に話しかける方法はわれにもわからぬ』

イグ＝ソッグはむしろブランの困惑を面白がっているようだった。

『われは確かに老師の命でおぬしのもとへ来たが、それは別に老師に教えられたからではない。このババヤガと同じで、一度われの肉体に入り、わが魔力に触れたおぬしについた、自らの力の臭跡をたどったのみよ。老師はわれにこの姿といくつかの力、そしておぬしを先導せよとの命を授けられたが、それからあとは接続を断っておられる。つなぐ方法はわれも知らぬ。おそらくこの地にはりめぐらされた魔道の監視網に触れる危険を避けるためであろう。原始のノスフェラスの化身なるババヤガとは違って、われや老師はやはりこの世の魔道理論のうちにあるからの。うかとすれば異界の魔道の網を刺激せんともかぎらん』

「くそ爺めが」思わずブランは罵り、すかさずイグ＝ソッグが飛ばしてきた小さな雷につつかれて悲鳴をあげそうになった。

『まことに肝の据わった女人だの』

感に堪えぬようすでババヤガが言った。

『このような娘御にこの仕打ち、ますますエイラハめとヤンダル・ゾッグめを罰してやらねばならぬ理由が増えた』

『イラーグだと言うておるであろうが、ババヤガ』

『ほい、そうであった。どうにも変化というものにはうとうての』

「頼むから静かにしてくれ」

ブランは呻いた。フロリーはてこでも動かない様子を見せている。いらつく魔道師どもはのんきに静観どころか、フロリーに感心してそちらの味方をする構えである。

何故こう自分には話の通じぬややこしい相手ばかり出てくるのかと考えれば、地下においてきた、あの二人の老僧が否応なしに思いだされる。そういえば彼らはちゃんとおとなしくしているのだろうか。退屈してうろうろ出てきて、その辺で下っ端兵士相手に辻説法など始めてはいないのかと、想像するだに頭が痛くなってくる。

「もういい。わかった」

げんなりしてブランは降参した。多勢に無勢、いつまでもここで言い争っていても埒《らち》は明かない。

「確かにフロリー殿の言うことにも一理ある。納得したわけではないがな。しかしどうやらあなたを説得するより、とにかく所在を確認できたことに満足して、ヨナ殿の捜索に移ったほうが早そうだ」

『珍しく賢明な判断であるな』

イグ＝ソッグが呟き、腹の立つことにババヤガまでもが頷いている。ブランはじろりと奇妙な連れどもを睨みつけ、フロリーに向き直った。

「では、フロリー殿――」

その先を続けようとしたとき、突然、ババヤガが猛獣めいた唸り声をあげて向きを変えた。

縮めていた体軀がみるみる大きくなり、垂れていた蔓草や羊歯植物がざわざわと音をたてて広がる。杖が白い光を放ちだした。イグ＝ソッグが火花を散らし、天井へ飛び上がって激しく回転しだした。

振り向いたときには、ブランはすでに剣を抜きはなっていた。フロリーが悲鳴をあげかけ、喉で押し殺した。両手で口を押さえている彼女の視線の先には、水面のようにゆらめく壁面と、そこから現れようとしている人の群れがある。

「やはり現れたな、異教の間諜めが」

潰れた蛙の声が勝ち誇って響いた。

ゆらめく壁面は透き通り、そこから、一団の兵士を引き連れた、世にも醜い矮人が、いやらしい笑みを浮かべて踏み込んできた。

4

「もしやと思って来てみれば大当たりであったわ」

イラーグは潰れた顔を喜悦の笑みにゆがめていた。

「ジャミーラめが、貴様がグインに関わりがあるというようなことを漏らしておったのを覚えておった知恵のすばらしさよな。グインの手の者ならば、どうせパロのヨナ・ハンゼか、でなくはその関わり人らしき小娘のもとに吸い寄せられてくるのは当然であった。どれ、カン・レイゼンモンロン様へのご奉仕よ、そこの娘から離れて、こちらへ来い。さもなくばわが魔道に打たれるか、この兵士どもの槍ぶすまにずたずたにされるか、好きな方を選べい」

『ほう、たいそうな口を利くの、ここなどぶ板蝦蟇めが』

ブランが剣を立てて進み出かけたところへ、ずいと前に出た大きな影があった。

さらさらと葉が鳴り、白く光る杖が床に当たる。イラーグのくぼんだ目が驚愕に見開かれ、たじろいだように身を引いた。

「貴様、ババヤガ」

　ほとんど恐慌に陥ったようにイラーグは呟いた。

「馬鹿な。貴様がなぜここにいる。動き回るだけの堆肥の山の貴様が、なぜこのようなところで、一人前の面をして俺の前に立つのだ」

『それはこちらの言うべきことよ、エイラハ。いやさ、イラーグ』

　ババヤガは強く杖を鳴らした。反響が異様に大きく石室に反響した。

『うぬら邪教の徒、ヤンダル・ゾッグめの走狗と化した阿呆どもに比べれば、わしのほうがまだしもよ。わしを肥やしの山呼ばわりは許しても、うぬごとき疣《いぼ》まみれの蝦蟇が、人がましい顔でわしを犬のように追い使い、この罪もない娘御を誘拐せしめたこと、万死に値するぞ』

「ははあ、読めたぞ。ルー・バーを殺したのも貴様らか」

　じりじりと下がりながらイラーグは肉の垂れ下がった瞼の下から毒々しい目つきをブランたちに投げつけた。

「確かにババヤガ、貴様ならばベイラーの魔道程度は苦もなく破ったことだろうな。まあ、あの役立たずを始末してくれたのはよい。おかげでベイラーめの株がだいぶ落ちたわ。どうやって肥やしの山めが頭を取り戻したのかよう知らぬが、そこのところも皆まとめてとらえたのちに、たっぷりと尋問してくれる。カン・レイゼンモンロン様に大層なお褒めをいただけるであろう」

『ほう、カン・レイゼンモンロン。それが貴様らを直接あやつっておる竜王の手先かの。まあよい、いずれ段々に礼はしてくれる』

ゆさりと揺れて、ババヤガはゆっくりと両手を上にかかげた。

『まずはうぬからよ、エイラハ、イラーグ――ええ、どちらでもよいわ。わしを足蹴にしてくれたこと、たっぷりと思い知らせてくれる』

「ほざけ」

イラーグが吠えた。彼もまた縮んだ蛙の前足のごとき両腕を振り上げ、異様な声で何か唱えた。

たちまち両手に黒い渦が巻き起こり、その中から、膜質の翼と牙と鉤爪を備えた毛だらけの生き物が飛び出してきた。こわい毛は鋼鉄で、針を植えたように黒光りしながら真っ赤な口を開いて飛びかかってくる。

ババヤガは少しもあわてず、杖でくるりと円を描いた。

そこに開いた空間に召還された化け物はまっすぐ飛び込み、悲鳴をあげながらかみ砕かれた。空間は見えない生き物の口のように音を立てて化け物を咀嚼《そしゃく》し、数滴の血を滴らせて、ぴたりと閉じた。

イラーグは頭を振りたて、各国の言葉からさまざまな古代言語に至るまでの悪罵を並べ立てて、後ろに控えていた兵士たちに手を振った。ここまで微動だにせず命令を待っていた兵士たちが、いっせいに動き出した。

手に手に剣や槍をかまえて詰め寄ってくる相手の兜の下の顔が、人間ではないことにブランは気づいた。それは蛇の顔——感情も意志もなく、黄色い目に縦に裂けた瞳孔をし、緑や黄色の斑のある鱗に全身覆われた、両足で立つ無毛の蛇人間の集団だった。

「カン・レイゼンモンロンの同類どもか」

フロリーを背後におしやり、ブランは剣をかまえて大きく踏み出した。鋭い突きが左右から殺到してくる。ブランは軽く足踏みしてかわし、交錯する剣の林を払いあげて、数本の鱗ある腕や手首を切りとばした。

シュッという声があちこちで漏れ、うす紫色の生臭い血がこぼれた。蛇人間どもは二股に分かれた舌をちろちろさせながら、じりじりとブランの周囲を回りはじめた。手傷を負ったものもわずかにひるんだ様子は見せたものの、ふたたび無表情に戦列に並び、壁を作る。それはまさに、大量の蛇がぴったりと身を寄せ合って作る、おぞましい生きた肉の壁だった。

「その二人は殺すなよ」

イラーグがババヤガとにらみ合いながら叫んだ。

「女めはまだ人質の価値がある。男のほうはいったいグインと何の関係があり、誰が後ろについておるのか吐かせねばならん」

「さあ、そんな余裕があるかな」

呟いて、ブランはフロリーを寝台の上に押し上げ、気合いとともにひと薙ぎに剣を叩きつけた。多くは甲冑や堅い鱗に当たってはじかれたが、数名は、喉もとの鱗の弱い場所にあたって血がしぶいた。フロリーが口をおさえ、懸命に顔をそむけている。

「すまん、フロリー殿、もう少し我慢してくれ」

振り向いてブランは囁き、はっとして前を向いた。一瞬の隙をついて、後ろにいた槍兵が剣兵の隙間をぬっていっせいに穂先を突き出してきた。

電光石火で刃が走る。数本はあやうく切り落としたが、全部は間に合わない。フロリーを傷つけられることだけはさせるまいと、ブランは胸を張り、壁にすがりついているフロリーの前に立ちふさがった。

とたん、どっと床から大量の植物が噴きあがった。

濃い緑の分厚い葉を持った草や太い茎が槍を受け止め、からめ取り、さらには鞭のような蔦をとばして逆に相手に襲いかかる。数人の蛇兵士がからめとられ、骨のへし折れる音がした。シューシューと息をもらしながら、蛇兵士どもは押し合いへし合い後退した。

『その剣士にはわしババヤガの名のもとに、大地の加護を与えた』

とどろくようなババヤガの声が聞こえた。

『ババヤガの命令を聞かぬ大地はなく、ここな穢れし邪教の都の土とてそれは同じよ。うぬら〈新しきミロク〉の醜き所行によって汚された大地の嘆きを聞くがよい。ノスフェラスのババヤガの名において、この剣士と娘御を傷つけることは許さぬぞ』

ブランは思わず額に手をやった。先ほどババヤガに指を触れられたそこはやはりどこといって変わったことも感じられなかったが、目の前の植物の壁は確かに自分とフロリーを守って揺れ動き、近づこうとする蛇兵士どもを、鋭い棘のある茨《いばら》や、剃刀めいた縁のある長い葉や、肉厚で弾力のある太い茎などで巧妙に跳ね返している。

『近づくでないわ、下等生物ども』

天井近くでイグ＝ソッグが強烈な光を発し、蛇人間どもの頭上に稲妻の雨を降らせた。数匹が身体をひきつらせてその場に倒れ、ほかにも何匹かが隊列を崩して頭を抱えて身を低くする。イグ＝ソッグは小さな青い星めいてまたたき、火花を放ち、興奮したようにぐるぐる回って、何度も雷をまき散らした。

『おのれら下等生物にしばしなりとも飼われていたとは虫酸が走る。以前のわれとて醜くはあったが、おのれらほど気色悪うはなかったぞ。ええい、散れ、散れ、ここな鱗の塊どもめ』

「こざかしい使い魔を出しおって、堆肥めが」

にらみ合うイラーグが嘲罵する。ババヤガは鼻で笑った。

『やはり目が曇っておるようだの、エイラハのイラーグ。あれはわしの使い魔ではない、うぬのほかならぬかつての敵手、イグ＝ソッグよ。うぬら魔教の犬どもめがわしと同じく、狂気に陥ったとして鎖につないでおったあの者よ。今は新たな、もっと賢明な主人に仕え、よりよき生と、まことの魂を得ることを望んでおるわ』

「なんだと」

イラーグが愕然と上を振りあおいだ瞬間、ババヤガがさっと杖を振った。杖から猛烈な光が噴出し、まともにイラーグにぶち当たった。

矮人の曲がった身体は吹っ飛び、叩きつけられるかに見えたが、床にぶつかるぎりぎりのところでくるりと回転し、宙にとどまって憤怒の表情を見せた。

「おのれ、俺に使役されていた身が、味なまねを」

『おうとも、であるから、その返報をしようというのよ。うぬごとき無能な木っ端ぬすっとが、長舌のババヤガにかかせた恥の返礼をな』

杖をかかげ、ババヤガは天井につかえるほどに大きく身を膨らませてそびえ立った。桃色の長い舌が空を打ち、持ち主の怒りを表すように右へ左へ激しく振り回される。

『いずれうぬらを操っておるヤンダル・ゾッグめにも思い知らせてくれるによって、今のところはうぬで我慢しておくわい。愚か者、おのれがどんな陰謀に飲み込まれておる

ないものになっている。

「俺が誰に操られている。俺は〈新しきミロク〉に帰依しているのだ」

イラーグは絶叫した。醜貌が奇怪にゆがんで、いっそう醜くほとんど人の顔とも思えないものになっている。

足を踏みならすと、ババヤガの植物をそのまま悪夢的にゆがめたような、棘だらけの触手がざわざわと這いだしてきた。

巻きつかれてババヤガは唸り声をあげたが、手をあげ、むしり取ると、影の血をしたたらせる触手をむしりとって握りつぶし、イラーグにむかって投げつけた。杖の光をあびた触手はみるみる崩れ、炭の粉のようになって床にこぼれる。

その粉が散らばる前にイラーグは太短い指を口もとへもっていって噛みちぎり、黒っぽい血を撒いて大声に呪文を唱えた。

血と混じり合った粉はみるみる形を変え、おびただしい毒虫の群れとなってババヤガにたかる。金属でこしらえたような大きな青蠅やぶよにたかられたババヤガは歯をむきだして身をかきむしり、全身の植物をざわつかせた。

肌を覆う苔や菌類がうごめき、いっせいに胞子の雲を吹き上げる。煮詰めたような胞子の濃い煙にまかれた毒虫はたちまち動かなくなり、死骸となって転げ落ちた。

素早くババヤガがトントンと杖を鳴らす。死んだ毒虫どもはその場で姿を変え、色あざやかな蝶の群れとなって飛び立った。青や緋に燃え立つ鱗粉をまき散らしながらイラーグを包み込もうとする。

華麗な翅《はね》がイラーグを包み込もうとしたとたん、翅は一気に紅蓮の炎と変わった。蝶がばたばたと燃えて落ちるむこうでイラーグの醜貌がゆがむ。

イラーグはわめき声とともにさっと手を振った。火炎の塊となった蝶の群れが一団となり、ババヤガの髪や髭に飛びついた。羊歯がぱっと火を噴いて巻き上がり、焦げた蔦が身をよじるように逆立つ。

ババヤガは身を揺すり、頭上で杖をくるりと回すと、炎ははじけて消えた。そのまま杖を胸の前でかまえ、じっとイラーグに対峙する。

イラーグの方も短い腕を前に突き出し、あらたな魔道を投げつける隙を狙っている。空気にはすさまじい力が張りつめ、魔道の力のないブランでさえも、肌を無数の針で突き刺されているような痛みを感じた。

その間にも、蛇人間の兵士たちはブランとフロリーを守る植物の分厚い壁を突破しようと躍起になっていた。フロリーをかばって後退しているブランは、ときおり緑の垣根から突き出す槍や剣先を払いのけはしたが、ほとんどは手厚い大地の守護によって阻まれ、あるいははね返され、突撃してもかえって棘だらけの茨にからめとられるのが落ちとなっている。

その上イグ＝ソッグがこの時とばかりに雷と火の雨を降らす。敵手と相対すれば手も足も出ないと口にしていたイグ＝ソッグだが、蛇兵士相手なら鬱憤晴らしに十分なようだ。意気軒昂でさかんに罵声をまき散らし、垣根の隙間に槍をねじ込もうとする兵士の脳天に腕ほどもある雷光をぶつける。押し寄せる兵士が気絶したそいつに躓いて、折り重なって倒れるのを見て爆笑し、小さい蛍火の身でどこにそれだけの声を出す器官があるのかと不思議なくらいの大声でまた罵り倒す。

「どうやら老師の教えもあの山羊頭を心底悟りすませるところまではいっていないようだな」

ひときわすさまじい笑い声にブランが思わずそう漏らすと、肩の後ろで身を縮めて目を丸くしているフロリーが首をかしげて、「山羊頭？」と呟く。ブランは頭を掻いた。

「いや、気にしないでくれ。まあ色々とややこしい話があるのだ。すべて落ち着いたら順々に話そう、しかし……」

この膠着《こうちゃく》状態からどうやって逃れるのかが先だ、と言いかけて、ブランはぐっと喉を鳴らした。

フロリーも何かを感じたようでさっと顔を青ざめさせる。みるみるうちに空間に力が凝集し、何者かが姿を現そうとしている。

イラーグが歓喜か憤怒かわからぬ声を響かせ、ババヤガがうぬ、と唸って杖を振った。

胃袋が裏返る感じがしてブランは身を折った。肩にすがったフロリーも身震いしながら口を押さえている。

「不細工が、お手柄を独り占めする気かい。相変わらず意地汚いったらないね、イラーグ」

空中に黒い姿がにじみ出し、豊満な黒人女が黒い髪をたなびかせて飛び降りてきた。

「自ら使っていた物狂いの堆肥に造反されるとはな。いかにも貴様らしいぞ、間抜けの物乞いめ」

続いてキタイの貴族風に装った男が、気取った顔で歩み出てきた。その両眼は空洞で、額には彩色した石の眼球が埋め込まれ、きょろきょろと左右を眺めている。

『おう、うぬら雁首《がんくび》そろえたな』

ババヤガが吠えた。

『いかにおのれらが弄ばれたかも知らず、かえってその尻を舐めくさる卑しい野良犬ども。わしを堆肥と呼び、奴隷となし、さんざ足蹴にしてくれたその褒美を、今こそくれてやろうぞ』

「肥やしの山が、しゃれた口をお利きじゃないか」

黒人女がすべるような足どりで歩み出てしなを作る。ジャミーラは青あおとした壁の後ろに隠れたブランとフロリーに流し目を送り、

「どうやら、あたしの獲物にも手を出してるようだねえ。その男はあたしが最初に目をつけたんだよ。つべこべ言わず、小娘といっしょにこっちへお渡し。そうしたら肥やしは肥やしらしく、畑にまいて牛の足に踏みにじられるだけですましてあげないでもないよ」

「その上ルー・バーめを殺したな。そこの剣士が何者か知らぬが」

キタイ風のなりをした石の目の男――ベイラー――が物憂げに爪を眺めつつ呟く。だがその額の石の目は異様な輝きを宿してぐるりと回転し、ババヤガの巨体を貫くように見つめている。

「カン・レイゼンモンロン様のお怒りと叱責を受けたわが恥、誰のせいかと思えばまさか貴様であったとはな、ババヤガ。泥まみれの動く堆肥が、異教の間諜と組んで何をするつもりかは知らぬが、褒美をくれてやるのは貴様ではない、こちらよ」

「おのれらちょっかい出すでないわ、獲物に手を出されたのはこの俺よ」

イラーグがゆがんだ口をあけて怒鳴り散らす。

「いかにくだらぬ者であろうとこの小娘は俺がもの、俺がとらえて俺が閉じこめておるのだ。貴様らごときの首をつっこむ筋合いではない。失せろ、阿呆ども、この戦いはイラーグのものよ」

『まったく哀れなものよな。かつてうぬらごときと争うた我が身の下等さにはつくづく恥じいるわ』

　空中で光る蛍火があざけるように言い、ひときわ強い閃光を放った。光に打たれた蛇兵士がその場で凍りつく。

『タミヤなるジャミーラよ、われにいかなる扱いを加えたか、忘れたとは言わさぬぞ』

　降下してきたイグ＝ソッグはババヤガの頭の上にふわりと乗った。下方の一同を睥睨《へいげい》するようにゆっくり浮遊する。

『〈ミロクの聖姫〉とはようも言うた。密林の蛙巫女風情が、また大層な名を名乗ったものよ。われは老師のお導きにより狂気と迷妄の闇から脱し、真実の道を歩むことを得たが、うぬらはどうやら、もはや救いようもないらしい』

「その声……まさか、あんた」

　ジャミーラが愕然とした顔で一歩さがった。

「あんた、まさか、イグ＝ソッグかい。そんな馬鹿な。あいつは正気を失って、もう長いこと繋がれてた上に、なんだか間諜の奴が妙な術を使ったかなんだかして、溶けて消えちまったって、カン・レイゼンモンロン様が――それに、その姿、いったいどうして」

『卑しい蛙神の使い走りに答える義理などないわ』

　イグ＝ソッグはババヤガの頭の上で、肩をそびやかすに相当するらしい動作でぐるりと回転した。

『われは正しき道を悟った、ただそればかりであると知れ。うぬら邪教の走狗となった愚か者には思いもよらぬであろうが。今やわれの求めるはひとつ、わが道を指し示し、新たなる生命をくださった老師イェライシャに仕え、その命を果たし、よりよき魂のためにひたすら行いをつくすのみよ。うぬらがごとき邪教に脳味噌を腐らせられた木偶《でく》には、けっして理解できぬことだがな』

「お黙り、お黙り、お黙りったら」

ジャミーラはじだんだを踏み、空中からうねる白蛇を数匹つかみだして投げつけた。牙をむきだして飛んできた蛇は、ババヤガが軽く手をあげただけでぴたりと止まり、その場で向きを変えて、投げつけたジャミーラ本人に向かって飛びかかった。ジャミーラは叫んで足を踏み鳴らし、飛び返ってきた蛇を頭のひと振りで消した。

「あの、何が起こっているのでございますか、ブラン様」

背中で小さくなっているフロリーが、それでも気丈にブランの耳もとでささやいた。蛇兵士どもはさっきのイグ＝ソッグの一撃から立ち直れていないのか、それとも空中にみなぎる魔道の力に圧倒されているのか、攻撃がやんでいる。

「どうやら、魔道師全員集結、というあたりらしい」

ブランも囁き返した。

「〈新しきミロク〉側の三人、ベイラー、イラーグ、ジャミーラ、そしてこちら側についたババヤガとイグ＝ソッグ。以前、サイロンの空でヤンダル・ゾッグに操られ、豹の星グインを奪い合った魔道師どもが、どうやら二手に分かれて争う気配だ。しかし……」

これからどうなることか。そう続けようとして、ブランはハッと上を仰いだ。

同時に、にらみ合う魔道師たちも何かに突き動かされたようにいっせいに上を見た。ババヤガの全身を覆う植物が大きくざわめいた。下から上へとざわつきが上がっていき、警戒する猫の尾のように全体が膨らんで逆立つ。頭上のイグ＝ソッグもちかちかと忙しくまたたき、警戒するように赤い中心部をはげしく明滅させる。

〈新しきミロク〉の使徒たちの反応は違った。かまえた両手をだらりと下げ、大きく口と両目を開ける。ベイラーの石の目さえ動きを止め、重なる石と土のむこうの地上を見透かすように動かなかった。

ジャミーラは大きく胸をあえがせ、小鼻をひろげて息をしながら、黒い両腕を頭上にかかげて、見えない何かを抱きしめるような仕草をした。

「ああ、やっと」

桃色の厚い唇が囁いた。

「やっと。やっと！」

（ヨナ。ヨナ・ハンゼ）

ヨナはぶるっと身震いして頭を上げた。

きらびやかな部屋の明かりが目を突き刺し、涙がにじんだ。ずっと床についていた膝がずきずき痛み出す。祈りのうちに何時間が過ぎたのか、まったく思い出せなかった。ベイラーがやってきて以来、ほとんど食べも眠りもせずに一心に祈りつづけていたのだが、もしかして心がゆるんで眠ってしまったのかと彼はいぶかった。

（ヨナ・ハンゼよ。われだ。イェライシャだ）

「老師！」

こらえきれずに声をもらし、あわてて口をつぐんで祈りの姿勢に戻る。

ここが監視されていることはわかっている。少しでも〈新しきミロク〉に気づかれれば、自分のみならずイェライシャやブランの身にも危険が及ぶのだという恐怖が彼の手足を縛っていた。

（大丈夫だ。今、ここから奴らの注意はそれておる）

心を読んだのか、イェライシャの声は励ますように響いた。

（ブランがフロリー殿のもとにたどりついた。今、〈新しきミロク〉の魔道師どもはみな、あちらに気を取られておる。われが送った手助けがうまく働いてくれたようだ。わ

れとしてはフロリー殿でもそなたでもよかったのだが、ババヤガがうまく正気に戻って
くれてありがたい）

（フロリー殿が）

懸命に祈りに集中する表情を保ちながら、ヨナは心中で歓声をあげた。

（彼女は無事なのですか。痛めつけられたりはしておられませんか。魔道師たちがあちらに気を取られているということは、ブラン様があの者たちに相対しておられるということですね）

（そうだ。どうにか事がうまく運んで、われとしてはひと息よ）

軽い笑いが心をくすぐり、また真面目な調子に戻って、

（とにかく、今こそ好機だ。監視の目がそれておる今のうちに、そなたをここから連れて出る。それからブランとフロリー殿の加勢にゆく。実を言えば、外ではいささかまずいことになっておる。時がない。急ぐのだ。多少の危険はかまってはおられぬ）

（まずいこと、ですって）

イェライシャには珍しくせきこんだ口調に、ヨナは驚いた。

（どういうことです。外でまた何か災いが起ころうとしているというのですか。〈新しきミロク〉がまた、何らかの新たな策謀を）

（詳しいことはあとで話す。とにかく、時がない。この手をつかめ、ヨナ・ハンゼ）

握りあわせた両手の間に、ふっと影のような手が現れた。老人の皺《しわ》びた手で、赤ん坊のそれのように小さく、半透明だがはっきりと生きて動き、指でヨナをさし招いた。

ヨナはそれをつかもうとしたが、ふと、これもまた〈新しきミロク〉の策略であり、これをつかめばたちまち彼らの魔道のとりこにされてしまうのではないかという疑問が浮かんだ。伸ばしかけた指をちぢめて、ヨナは息をつめた。

(疑いはもっともだ。できればわれ自身がそちらに転移したいが、しかし、監視の網をくぐり抜けられるのがこれだけなのだ)

叱りつけるようにイェライシャは言った。

(そなたとフロリー殿さえ救出してしまえば、監視に触れることなど気にせず力を振るえる。ベイラーは今、ブランとババヤガ、イグ＝ソッグの出現にすっかり気を取られておる。そなたを外へ出し、ひとまず守りの術をかけて遠くへ飛ばす。われを信じよ、ヨナ・ハンゼ。一刻を争う事態だ。多くの人の命と魂がかかっておるのだ)

ヨナはごくりと喉を鳴らした。老人の小さな手はせかすように指を動かしている。組んだ両手をそろそろと離し、ヨナは一方で祈り紐をまさぐるふりをしながら、もう一方で、袖の下に隠れて招いている指先をつかもうとした。

影のような指に触れたと思ったその瞬間、手のひらに焼けた鉄を押しつけられたような衝撃を感じてヨナは苦鳴をもらした。老人の手がひきつり、よじれ、煙のように消えた。

（いかん）

せっぱつまったイェライシャの声が頭に響いた。

（始まってしまった。奴ら、始めてしまいおった！）

第四話　風雲のヤガ

銅鑼《どら》が鳴った。

銅鑼が鳴った。夕まぐれのヤガ、火ともし頃とて店先の提灯や、獣の形の石灯籠に灯を入れようとしていた人々は、そろってある方向に目を上げた。

銅鑼が鳴った。

人々の目はみな同じ方向を向いていた。まるで見えない誰かが背中につき、顎をつかんで首をねじらせたとでもいうふうだった。そのときしようとしていた動作は途中で凍りついた。品物を並べようとしていた商人は泥絵具の祈禱図を持ったまま停止し、手近なお守りをとって見ようとしていた客は手から麻紐を垂らして中腰のまま動かなくなった。

町中では洗い桶の上にかがみこんでいた女たちがなかば立ち上がりかけた姿勢でぽか

んと口をあけ、台所で粥の味を見ようとしていた料理人が匙を鍋につっこみかけたところでねじの切れた人形のように止まった。粥のふつふつと煮える音ばかりが静まりかえった厨房に響いた。

忙しく動き回っていた少年少女たちはその場で立ち止まり、手にした皿や盆を捧げたまま不自然な姿勢で固まった。外から戻ってきて、食卓につこうとしていた人々はあるいは椅子の背に手をかけ、あるいは腰をおろしかけた状態でとつぜん動かなくなった。

そして彼らの首だけが何かの、あらがいがたい何かの引力によってある一方向にねじ向けられていた。この都の中心、聖なるミロクの都市ヤガの心臓——ミロク大神殿の輝く偉容がそびえる方向に。

銅鑼が鳴った。

さまざまなものが地面に放り捨てられた。皿、盆、匙、その他の雑多な洗い物、食物、貨幣。買ったばかりのミロクの粘土像が、紙袋に入ったまま溝に投げ出された。赤い紙袋が泥にしみて黒くなっていった。

商人は売り上げの入った箱を隠すこともせずに角へ出た。売り台には受け取ったばかりの代金が出しっぱなしだった。街角の礼拝所に捧げるために購《あがな》われた花束や線香さえその埒外ではなかった。野の花をまとめたささやかな花束が地面に捨てられ、足で踏み散らされた。線香が石畳に落ち、細い煙を一筋あげただけで消えた。

皿が割れ、盆が覆り、鍋の粥は誰も見る者がないまま煮えて焦げ付いていった。泡をくっつけたままの洗い物はこびりついた焦げもそのまま汚れた桶の水に浮いていた。食事前の敬虔な祈りの言葉は半端に絶え、忘れ去られた。酢をかけられた野菜が食べる者もなく食卓の上でしおれていった。

銅鑼が鳴った。

人々は街路に出た。だれ一人しゃべる者はなく、足音とかすかな衣擦れのみがおりてくる夕闇に響いた。木靴が石畳とぶつかって堅い音をたて、麻の衣と毛織りの外套がこすれあって秋の木の葉のようにささやく。

呼吸すら、彼らは忘れたかのようだった。灰色の群衆はぞくぞくと建物から吐き出され、街に満ちた。みな同様に、何者かによって魂を抜かれたようなうつろな表情を呈し、それでいて、目には奇妙な熱狂があった。内側からあおり立てられた異様な火が人々の顔全体をもやしていた。

銅鑼が鳴った。

銅鑼が鳴った。

これほどの人間がヤガにいたとは誰が想像できたろうか。ヤガは大都市ではある——少なくとも地方の一小村などではない規模がある。しかしこれだけの群衆、あらゆる小路、あらゆる街路を埋め尽くし、生きた川のようにひそひそと、ある一方向めざして流れゆく大群衆が、いったいこの穏やかな宗教都市のどこにしまい込まれていたのか。

人々は流れてゆく、建物からきりなく人は吐き出されてくる——〈ミロクの兄弟の家〉と称される多くの建物、四角くて灰色で個性のない、人間性というものをまるで感じさせない収容所のような建物から、果てることなく人間が吐き出されてくる。白髪の年寄り、田舎風の若者、地味な服装の娘、旅装のままの男女、頭をそりあげた在家僧、よちよち歩きの子供、赤ん坊を抱いた母親、手をつなぎあった少年と少女。

足もとのおぼつかない幼児がよろめいて倒れ、起きあがろうともがく。だが誰も起こそうとしない。互いに助け合うことを是とするミロク教徒たちが地面でもがく幼児を見ようともせず、かえってその背を踏みつけんばかりに黙々とただ歩を運ぶ。

幼児もまた泣きもせず、なんとか自分で起きあがってまたよたよたと歩き出す。その幼い顔には、周囲の大人たちと同じ異様な熱狂が宿っている。あどけない顔に張りついた狂乱の表情は、愛らしい野花に棲みついた醜い昆虫のような妙な嫌悪を誘う。やわらかい唇はだらりと半開きになり、母の名を呼んでいるべき小さな舌は犬のように垂れて、荒い息をついているばかりだ。

銅鑼が鳴った。

銅鑼の音はしだいに数を増し、すでにヤガ全域に鳴り渡っていた。流れゆく人々を囲い込むように響きわたり、羊を追い込む犬の吠え声めいて、はるか地平線の果てから波となって押し寄せてきた。

さらに鉦《かね》、鈴、鐃鉢《にょうはち》、いくつもの喇叭《らっぱ》の響きが立ち上がり、やがて大勢の声による高らかな唱名《しょうみょう》の声が重なった。ミロクの名を熱狂的に唱え、その到来を待ち受け喜ぶ声が幾重にも折り畳まれ、銅鑼をはじめとした楽器の奏楽にあわせて人々をさそった。

空はいつか闇にとざされていた。夕闇ではない、夜でさえない、それは渦巻く黒雲と霧の混ぜあわさったうごめく暗黒であった。星はなく、月も隠された。どろどろとした獣の内臓に似た暗いものが絡まりあいもつれあっている下に、きらめくミロク大神殿の尖塔がそればかり明るく高く、新たなるこの夜の支配者であるかのごとくそびえ立つ。

ぬるい風が吹き、人々の熱を帯びた額にふれる。汗ばんだ肌を冷やすはずの風はかえって彼らの熱をあおり立てるばかりだ。黙々と歩を運ぶ人々の上に黒雲は渦巻き、高らかな喇叭と銅鑼の音色が金色に流れて、昆虫めいて蝟集《いしゅう》する数限りない大小さまざまの頭また頭の上を転がっていく。

大神殿は燃えていた。あらゆる灯籠、あらゆる明かりが持ち出され、華麗な彫刻に飾られた赤い大屋根の下を昼間のごとく照らし出していた。朱塗りの梁《はり》も柱も明かりの中でいっそう赤々と輝き、天空にうごめく暗黒の下で唯一の光とばかりにきらめき揺れていた。銅張りの丸屋根も、塔の金彩も垂飾《すいしょく》も飾り金具もここぞとばかりに光を放ち、神殿はいつも以上に、否、この地上にこれ以上に偉大な建築物などないかのように、まさに天上の偉容を誇ってそびえ立っていた。

銅鑼が鳴った。

人々は集った。大神殿の周囲はまさに立錐の余地もなかった。それでもどんどん人は流れ込んでくる。熱に浮かされた顔また顔、見開かれた目、ぽっかり開いた口が地虫のように白く浮かぶ。それらを大神殿の放つ黄金の光が照らし出し、金色にあるいは血の色に染めた。

神殿の階《きざはし》には大勢の僧たちが威儀を正して居並んでいた。金糸銀糸をふんだんに使い、豪華をきわめた袈裟《けさ》で着飾った僧正たちは、手に手に貴石を垂らした祈りひもを持ち、高々と唱名に声をそろえていた。

背後には磨き上げた甲冑で完全武装したミロクの騎士たちが居並び、さらに、めったに姿を見せない姫騎士たちまでが、彩色した七宝《しっぽう》の鎧と顔を覆う面紗《ヴェール》をつけ、頭を垂れて膝をついていた。

欄干《らんかん》からは水晶の房飾りがいくつも垂れ下がり、五色の布がいたるところに吊されて、松明《たいまつ》の炎に揺れていた。奥院へと続く扉は大きく開かれ、どこまでも続く真紅の回廊と、さらなる輝かしさに満ちた内院が秘密の喜悦を約束するかのように見えていた。真正面に据えられた巨大なミロク像の彩色された目が、押し合う人々を眠たげに見下ろす。

麻の衣の雛僧たちさえ、今この時は小天使のごとくであった。釣り香炉を降り動かし、澄んだ声で唱名に唱和しながら、香の煙に乗っているかのように軽々と飛び回っている。まさに天人たちの来迎だった。人々は声も立てずに押し合い、お互いの足を踏みつけながら、これらこの世のものとも思えぬ壮麗な光景に目を見張っていた。

ひときわ唱名の声が高まった。奥院から威儀を正した五大師──いまは四人──が、ゆったりとした動作ですべり出てきた。騎士および姫騎士がいっせいにひれ伏した。居並ぶ僧たちは合掌し、いよいよ熱をこめてミロクの名を唱えた。

四人の五大師は悠揚せまらぬ態度で中央に進み、それぞれ色を違えた綾錦《あやにしき》で着飾った胸をそらして、群衆を見渡した。

四人ともみな分厚い絹の重ね着にくるまれ、高い立ち襟に頭を囲まれて、実際よりよほど背が高く、堂々としていた。どれをとってもまるでミロクの一転生《いちてんしょう》の王子が生きて動き出したようであった。中にひとり、頬に白い布をあて、目立たぬように帯でくったのがいるのが多少目障りではあったが、四人の高僧の立ち姿を目にした群衆からは、いっせいに声にならぬため息が漏れた。

「聖なるヤガに集いし善男善女、すべての兄弟姉妹たちよ！」

鶏のように喉のたるんだ高僧が声を張り上げた。聖なるものとするにはいささか甲高く、鶏が首を絞められたような声といえないこともなかったが、このなにもかも壮麗の一言につきる舞台の上では、そのようなことはもはや問題ではなかった。

「喜ぶがよい。もはや暗黒の時は終わった。人々よ、ミロク大祭が始まる。この世に真の光をもたらす時代が始まるのだ。超越大師ヤロール様が、ミロクの御言葉をお受けになった。人々よ、ミロクの兄弟姉妹よ、地上天国は今こそ実現される。ミロクが降臨なされる。祭りは終わることはない。この汚れ果てた地上にいま一度まことの平和をもたらさんと、ミロクが汝ら深遠なる智慧にぬかづく民の前に、光の王のみ姿を現される！」

銅鑼が鳴った。

銅鑼が鳴った。

鈴が振り鳴らされ、鐃鉢が打ちあわされ、喇叭が高々と鳴いた。僧たちはそりこぼった頭を下げ、喉をしぼってミロクの名を唱えた。

「おお、祭りは終わらぬ、ミロクの前にすべてが頭《こうべ》を垂れる」

頬に布を当てた僧がうわずった声で言った。彼の目は落ち着きなくきょろきょろ動き、ときおり白目になってひっくりかえったが、誰も気づく者はいない。

「ミロクの智慧こそがすべてを新しくする。この欲に汚れた世を浄化するのだ。正しきミロクこそが王として永遠の天国を築かれる、汝らはその恵みに最初にあずかる民である。喜び、跪《ひざまず》け、祈りあがめ、たたえよ、ミロクの名を！　この世に唯一たる智慧の王、光の主！」

風になびく麦穂のように群衆は膝を折った。互いに踏みつけあい、のしかかり、押しつぶしあいながらひれ伏した。ひそとして声も立てなかった喉から、とどろくような喊《かん》声《せい》があがった。

『ミロク！　ミロク！』

「御名を呼べ、聖なるミロクの名を、その名は万人のものである」

太ってまんまるく膨れ上がった老僧がしわがれた声を張り上げた。

「あらゆる人、あらゆる土地に、ミロクの名を告げ知らせねばならぬ。汝らは欲界の暗黒に囚われた民人を救う天の手である。ミロクの輝ける指先である。ミロクはすべての人、すべての生命に救いの手をのべられる。ミロクの光を知らぬものにその名を聞かせよ。あらゆる国、あらゆる人の口に、ミロクの名をのぼらせよ。ミロク！　ミロク！」

『ミロク！　ミロク！』

「ミロク大祭が始まる。この祭りに終わりはない」

どこといって特徴のない、すっかり着物にうずもれてしまって顔がどこにあるかもよくわからない僧がもごもごと告げた。

「なぜならばこれは永遠の祝祭、未来永劫続くミロクの王国の始まりだからである。地上天国は今こそ実現する。汝らの前にミロクは降臨し、永劫の君臨と幸福を約束される。欲界に沈んだ哀れなる民を、汝らは救わねばならぬ。ミロクの智慧を地上の隅々までゆきわたらせねばならぬ。ミロクの名の唱えられぬ地がないようにせねばならぬ。地上天国に入れぬものを救い、ふたたび輪廻の輪に還して、かれの業の消滅を祈るのだ」

『ミロク！　ミロク！』

『ミロク！　ミロク！』

群衆は熱狂の渦に陥った。踏みならす足が雷鳴のようにとどろいた。小さな子や赤ん坊が足もとに振り落とされ、踏みつけられて泣き声をたてるのも、もはや人々の耳には入らなかった。あかあかと照らされた大神殿はいよいよ高く燃え上がり、それにつられたか、人々の顔もまた火を噴くように熱く、瞳は輝いて、さしのべられた手が草原のように揺れる。

『ミロク！　ミロク！』

『ミロク！　ミロク！』

『ミロク！　ミロク！』

「見よ、今こそ、ミロクが降臨される」

鶏似の僧が甲高い声をしぼった。

「超越大師ヤロール様を見よ。ミロクの代理人たる聖者を見よ。聖者の口を通して語られた言葉を、ミロクがはじめて汝らに直接おかけになる。聖者はミロクと汝らをつなぎ、ミロクの智慧と力を汝らにお授けになる。こよい汝らはミロクの選ばれし使徒として、生きながら地上天国に足を踏み入れるのだ。おお、栄光あるミロクの民よ、汝らはこれより永遠に続く祝祭に入るのだ、この祭りに終わりはない、果てもない、ミロク大祭は終わらぬ、ミロク、ミロクよ……」

『ミロク！　ミロク！　ミロク！』

奥院に座すミロク像の前に、黄金に輝く人影が浮かび上がった。全身に金糸をまとい、黄金の中にはめこまれた顔と化した超越大師ヤロールの姿だった。つるりとした頬は青ざめ、細工物のように表情をなくしていたが、その中で二つの目だけがものに憑かれたようにぎらついていた。

ヤロールは軽く手をあげた。わずかなその身振りだけで、大神殿は浴びせられた大歓声に揺れ動いた。

『ミロク！　ミロク！』

『ミロク！　ミロク！』

『ミロク！　ミロク！』

「ミロクの兄弟姉妹、ここに集いし幸運なる人々よ」

細い声が妙にはっきりと拡大されて通った。

いまこの瞬間、ヤガにあるあらゆる人の目と耳に、彼の姿と声はすぐそばではっきりと見えているかのように届いていた——大神殿に近づけなかった大多数の人々はもちろん、はるか遠く、ヤガでもはずれのほうで、熱狂に巻き込まれるまではいかずとも、なにが起こったのかと戸外に出て、都邑のほうを眺めていた純朴な人々にさえも。

そしてただひとり、ヤガの〈兄弟姉妹の家〉の裏庭で、いまだ勝手口の階段に腰を下ろしている老人のもとにも。

ほかの人々がみな笛の音をきいた鼠のように出て行ってしまった時も、この老人は顔すらあげず、指一本動かさなかった。胸まで垂れる白い髭、痩せた首を曲げて疲れたように戸口に頭をあずけていたが、奇妙なことにこの老人の周囲にだけは不思議な静寂が漂い、ヤガを包む熱狂も、この老人だけは素通りしていったかのようだった。

「ミロクの王国が始まる」

奇妙な老人をのぞくあらゆる人々の視界に光り輝いてたゆたいつつ、超越大師ヤロールはうたった。

「とこしえの祝祭、終わることのない栄光と幸福が始まる！　すべてのものがミロクの絶対平和のもとに統一される、争いは失せ、苦悩は砕け、あらゆる不幸はミロクの到来により塵となって吹き散らされる。汝らは果てなき祭りを続けるのだ、地の果て、光の届かぬ暗黒の深みまでも。ミロクの光を持ち運び、あらゆる闇を打ち砕いて、汝らは勝利を手にする。ミロクは光の王、勝利と栄光の主、唯一なる智慧と救いである。呼べ、たたえよ、光なるミロク、勝利なるミロクを！」

『ミロク！　ミロク！』

『ミロク！　ミロク！』

『ミロク！　ミロク！』

隅々まで照らし出された大神殿のある一角に、そこだけ暗がりに沈んだ場所があった。

深く頭巾をおろした長身の影が、わずかに頭を動かして広場のほうをうかがった。うすく切れた唇からちろりと舌がはみ出し、二股に切れた先をひらめかせて、さっと消えた。

「見よ、ミロクが降臨される！」

ヤロールは絶叫した。ヤガと、ヤガの周辺に存在するすべてのものがそれを見、聞いていた。

天空に黒雲はどろどろと渦巻き、暗黒は天地をのまんばかりに重くのしかかってきた。だがその下で、ミロク大神殿はゆるぎなく燃え、明るく輝き、その中心で、黄金に包まれた超越大師ヤロールの血の気のない顔が、唯一の星のように青白く輝いていた。

「ミロクの名を唱えよ！　勝利の名を唱えよ！　祭りが始まる、ミロク大祭が始まる、永遠の、終わることのない勝利と栄光が始まる……」

『ミロク！　ミロク！』

『ミロク！　ミロク！』

『ミロク！　ミロク！』

黒雲が身悶え、のたうった。遠雷に似た音がとどろき、天地はその響きに震え上がるかに思えた。人々のあげた手は波にもてあそばれる海草のごとく青白くゆらめき、ぽっかりあいた口は、いまやまったく同じ、一つの名のみを叫びつづけていた。

『ミロク！　ミロク！』

『ミロク！　ミロク！』

『ミロク！　ミロク！』

雲が裂けた。

一筋の清らかな光が、一本の剣を突き刺したようにまっすぐにさしてきた。闇はあがき、あらがい、身悶えたが、光は強さを増し、いよいよ白く、強く、まさに輝く剣となって暗黒のはらわたを切り裂き、清浄な純白の光で満たした。

『ミロク！　ミロク！』

『ミロク！　ミロク！』

『ミロク！　ミロク！』

雲が開く。ゆっくりと口をひらき、闇が後退していく。光が人々の上に降り、彼らの頬をいつかぬらしている涙を輝かせる。吹き払われた暗黒のむこうに、青い、ほとんどありえないほどの青に澄み渡った無窮の天空が、まばゆい顔をのぞかせる。

『ミロク！　ミロク！』

『ミロク！　ミロク！』

『ミロク！　ミロク！』

巨大な足――きわめて巨大な、なにものかの光る足、ほとんど人とは思えないが、それでも人の形をした、圧倒的に巨大な――足が、ゆるゆると姿を見せはじめる。

それは真珠よりも白く清らかで美しく、巨大でありながら、いささかも不釣り合いなところがない。この上につづく肉体とはまたどれほど美しいのであろう、そう考えるとほとんど超自然的な畏怖におそわれる。

あたかも天の名手による芸術品をそのまま拡大してゆっくりと降ろしてでもいるような、ゆたかな肉付きとなめらかな肌、疵《きず》ひとつない完璧さをもった蹠《あしのうら》が、静かに、燃え輝く大神殿の丸屋根の上に降りてくる。

「ミロクよ！」

ヤロールがふたたび絶叫した。

『ミロク！　ミロク！』

『ミロク！　ミロク！』

『ミロク！　ミロク！』

「ミロク――ご降臨……！」

あとがき

　どうもお世話になります、五代ゆうでございます。

　風雲のヤガとかいいながらあんまり風雲じゃないっていうかまあいつもどおりなんかいろんなことが起こってまして、私はそれをそのまま写してるだけのようなもんですが、今回の「生きとったんかいワレ」枠のあの人（人じゃないが）とか相変わらずジジイ運が悪いの通り越していろいろ可哀想になってくるブランくんとか、けっこう書くの楽しかった某ノスフェラスの人（やめ気味）とかいろいろ出てきております。

　というか光るあいつは予想外でした。出てきたときはてっきり「ああやっと老師が乗り出してきてくれたのか」と思った（たぶんブランくんもそう思った）のに、フタあけてみたらああだったし。まったくもってブランくんに同情します。気の毒ですよもうなんか心労を一身にしょいこんでる感じで。

だって今回出てきたアレとアレとアレに加えてまだよくわからないジジイ約三名も控えてるんですよ？　しみじみと彼の立場には立ちたくないですっていうかあの人たち全員フリーダムすぎます。ほぼ人間やめてるっても限度があるでしょうおじいちゃんたち。若人にあんまり苦労かけるんじゃありませんよほんとに。

　てかスーパー魔道ジジイ大戦ってずっと言ってるのにまたそれに入る一歩手前で終わったし。全員集合してくれるまでにはやはり手間がかかりますねえ。

まあたぶん次で今度こそヤガも大騒ぎになるとは思いますが、どうなるのかなあ。なんかえらいもんが降臨してきましたが、それはそれで地下で待たされてるおじいちゃんズがおとなしくしてるわけもなかろうし、魔道師一同は一触即発だし、ヨナとフロリー連れ出さなきゃいけないし、あっそういえば確かスカールも来るはずだ！　てかまた人外が増える！（ザザとウーラが）

　ブランくんの苦労はまだまだ続きそうです。ごめんな。

　ワルド城の話はとりあえずここで一区切りですね。ここで書かなければならないことは全部書いてしまったような気がするので、リギアたち一行はしばらくお休みかと（まあそう言っててまた突然入ってくるかもしれないけど）。

　とはいえヴァレリウスに関しては彼もまだいろいろ問題を抱えてるので、彼ら二人の師弟に関してはまたちょっとしたら出るかもしれないけど、どうかなあ。どっか斜め上の方から「ヤガもだけどそろそろカメロン関係の話もしたほうがいいんでないか」との指令がきているのでたぶんそっちのほうへ行くんでしょう。

カメロンの亡骸を守ってパロを出たドライドン騎士一行はやはりきちんとお弔《とむら》いをしたいようですし、それにはちゃんと落ち着いた場所で、できればヴァラキアの海にお骨だけでも撒いてあげたいところでしょうから、たぶんそっち方向へ向かう途中でなんか出会うか起こるかする。んだと思います（もひとつ頼りないのは私じゃなくて電波の人がそう言ってるからですいつも通り）。

こう言うのもなんですけどアッシャの暴走にそんな裏というか意味があったとは知りませんでした（本気で）。幸と不幸は裏表と言いますが、ほんとなんですねえ。

ワルドの辺境に蛇人間？　が出没している、というのは宵野さんパートの記述から拾わせていただいてふくらましたエピソードですが、ここまでかかわって来るとは思いもしませんでした。あーまあ確かにケイロニアに逃げたからって相手側は距離とかあんまり関係ないだろうし、なんか手を打ってくるだろうとは思ってましたし現に打ってきてたけど、こうなったかあ。と自分で書いてほえーと感心してました。馬鹿です。

魔道戦は書くの楽しかったなあ。こういう文章で絵を描いたり彫塑を作ったりするような作業は大好きでして、できるだけ意識を研ぎ澄まし、その時に見えているものや感触や空気を息をひそめて拾っていくのはしんどいですがいつも楽しみです。ヤガではどういうことになるんだろうなあ。

今回も監修の八巻様、田中様、担当の阿部様、大変お世話になりました。いつもありがとうございます。手のかかる上にはっきりしない書き手で申し訳ありません……次巻宵野さんのターン、女帝オクタヴィア体制下、策謀交錯するケイロニアです。シルヴィアの息子問題は一段落したとはいえ、彼女自身の身はいまだ定まらず、グラチウスの介入も拒めないとあっては、やはり状況は予断を許しません。本質的にはただの娘であるシルヴィアが暗い運命にどのように翻弄されるのか、書き手のみならず一読者として、はらはらしながら続きを待ちたいと思います。よろしくお願いいたします。

GUIN SAGA

世界最大のファンタジイを楽しむためのデータ&ガイドブック

グイン・サーガ・ハンドブックFinal

栗本 薫・天狼プロダクション監修／早川書房編集部編

（ハヤカワ文庫ＪＡ／９８２）

30年にわたって読者を魅了しつつ、130巻の刊行をもって予想外の最終巻を迎えた大河ロマン「グイン・サーガ」。この巨大な物語を、より理解するためのデータ&ガイドブック最終版です。キレノア大陸・キタイ・南方まで収めた折り込みカラー地図／グイン・サーガという物語が指し示すものを探究した小谷真理氏による評論「異形たちの青春」／あらゆる登場人物・用語を網羅・解説した完全版事典／1巻からの全ストーリー紹介。

著者略歴　1970年生まれ，作家　著書『アバタールチューナーⅠ～Ⅴ』『〈骨牌使い〉の鏡』『廃都の女王』『豹頭王の来訪』（以上早川書房刊）『はじまりの骨の物語』『ゴールドベルク変奏曲』など。

HM=Hayakawa Mystery
SF=Science Fiction
JA=Japanese Author
NV=Novel
NF=Nonfiction
FT=Fantasy

グイン・サーガ⑭1

風雲《ふううん》のヤガ

〈JA1270〉

二〇一七年四月十日　印刷
二〇一七年四月十五日　発行
（定価はカバーに表示してあります）

著者　五代《ご》《だい》ゆう
監修者　天狼《てんろう》プロダクション
発行者　早川　浩
発行所　株式会社　早川書房
郵便番号　一〇一 - 〇〇四六
東京都千代田区神田多町二ノ二
電話　〇三 - 三二五二 - 三一一一（大代表）
振替　〇〇一六〇 - 三 - 四七七九九
http://www.hayakawa-online.co.jp
乱丁・落丁本は小社制作部宛お送り下さい。
送料小社負担にてお取りかえいたします。

印刷・株式会社亨有堂印刷所　製本・大口製本印刷株式会社

Printed and bound in Japan
ISBN978-4-15-031270-1 C0193